シシリィ
マイリィ
3歳
シシリィの妹。
姉と同様に孤児院前に捨てられる。
無邪気で天真爛漫。
お姉ちゃんのことが大好き。
化物嬢ソフィのサロン
~ごきげんよう。皮一枚なら治せますわ~ 2

クルト＝オズホーン
22歳
国王陛下直属の癒師団に
所属する若きエリート癒師。
ソフィのサロンを訪れ、
彼女に惹かれて
いくようになる。
ソフィ＝オルゾン
17歳
裕福な商社の一人娘で、
生まれつき重度の皮膚病を患っている。
皮一枚だけの癒しの力を使い、
傷ついた人を治癒するためのサロンを開設。
多くの人を救う。

化物嬢ソフィのサロン
～ごきげんよう。皮一枚なら治せますわ～ 2
作 紺染幸
Sachi Konzome
絵 ハレのちハレタ
Harenochihareta
Salon de Sophie, Lady Monster
~It's a pleasure to meet you.
I can fix a piece of skin~

contents

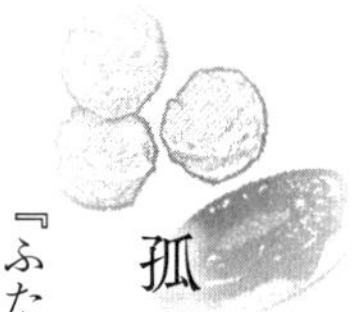

孤児院のシシリィ・マイリィ

『ふたりぶんやけどをなおしてください（シシリィ六さい、マイリィ三さい・こども）』

『六さい』の子が書いたにしては、イザドラの字よりも数倍立派なその手紙は、可愛《かわい》らしく大人たちの胸を打った。

『職業』はきっと大変悩んだのだろう。書いては消し書いては消して黒くなったそこに、最後に『こども』と書いたそのけなげさがたまらなくいとおしい。

皆、いつもよりもどこか浮かれて部屋の準備をした。レイモンドも腕によりをかけたらしく、たっぷりのクリームにイチゴののった大きなケーキが用意されている。籠に赤、ピンク、白の花。レース飾りとリボン細工を飾れば、テーブル全体が大きくて可愛らしいケーキのようになった。

りりり、ん
跳ねるようにクレアのベルが鳴る。

扉を開けて入ってきた二つの姿のあまりの小ささに、ソフィの胸はきゅんとうずいた。

『六さい』のシシリィは『三さい』のマイリィの小さな手をぎゅっとつないで、扉の前からじっと動けないでいる。

さらさらの薄茶色の髪を二人揃《そろ》っておかっぱに切り揃え、質素な綿の服からはほっそりとした白い腕が伸びている。

明らかな血のつながりを感じさせる揃いのガラス玉のような大きな水色の瞳は、姉のシシリィのものはソフィに、妹のマイリィのものは大きなケーキに。片や怯《おび》えとそれを打ち消すための勇気に、片や純粋なる食欲とともに向けられている。

「ごきげんよう。ソフィ＝オルゾンでございます」

礼をとったソフィに、頬を染めしっかりと背筋を伸ばし、シシリィはぎこちないながらも礼儀正しく礼を返した。

「シシリィです。アラストラ孤児院の子です。こちらは妹のマイリィです」

まだケーキを見つめたままの小さな妹の背をそっと押す。

妹はわけのわからないまま姉に従い、ぺこりとお辞儀をさせられる形になった。

「よろしくお願いします」

孤児院。

そう、六歳の子なら手紙を書くのは当然保護者であるべきだった。

年長さんか、小学一年生だ。そんな子どもがソフィの広告を見つけ、自ら手紙を書き、本日時間通りにここに訪れ、しっかりと挨拶をした。

なんというしっかりとした子だろう。

――しっかりとしなくてはならなかった子だろう。

初対面でいきなり抱きしめそうになってしまった手と気持ちを必死で抑え、ソフィは優しく微笑《ほほえ》んだ。

なお本日は顔に包帯をグルグル巻きにしたうえベールを二重にかけている。ちいさなお客様をなるべく驚かせたくないという、苦肉の策であった。

「ソファにお座りになりませんか？　皆でケーキをいただきましょう」

妹のマイリィが野生動物のようにはっふはっふとケーキを飲み込んでいる。

姉のシシリィは妹の無礼を咎《とが》めたいのと妹の幸せそうな様子が嬉《うれ》しいのとで、どうしたらいいかわからずおろおろと妹とソフィを見比べている。

「どうぞお気になさらないでくださいシシリィ様。こんなに美味しそうに召し上がっていただいて、うちの料理人が喜びます。シシリィ様もどうぞお召し上がりになって」

妹の様子を見守るのに精いっぱいで自分のケーキを食べていないシシリィに、ソフィは勧めた。

こくんとうなずき、そっとフォークでケーキを口に運んだシシリィが水色の目を見開く。

「おいしい……」

うふふとソフィは笑った。

「そうでございましょう」

頬を染めて、シシリィは皿の上のケーキとソフィをかわりばんこに見つめる。

「おいしくて、きれいです」

「ありがとう。本日はお好みも聞かずにケーキをお出ししましたが、シシリィ様には何かお好きなお菓子はありまして？」

がちがちに緊張している少女の心を溶かしたくて、ソフィは聞いた。

シシリィはもじもじと体を動かし、さらに頬を赤くして、それから実に幸せそうに笑った。

「ドーナツのまんなかが好きです」

——なんと哲学的なことか。

なお、この世界のドーナツも真ん中には穴が開いている。どこの世界にもちゃんと生地を生焼けにせず爆発もさせずに揚げるための工夫ができる賢い人はいるのである。

ドーナツの真ん中が好き。

まるで禅問答。

六歳の子にこんな謎かけをされるなんてと楽しくなってふふふとさらに笑うソフィの顔を、じっとシシリィが見つめた。

「……どうして、ばけものと書いたのですか？ ソフィ様はこんなにおやさしくて、きれいです」

「……ありがとう。今は隠していて見えないけれど、わたくしの顔は人と違うのです」

なおじっとシシリィはソフィを見つめる。

重ねたベールのその先を、見透かすことができるのではと思うほどの透明で純真な瞳だった。

「わたし、ばけものというのは、ずるくて、汚くて、意地悪なものだと思っていました」

「……いいえ。ひょっとしたら中には、そういうものもいるかもしれないけれど」

そっとソフィは手を伸ばしそっとシシリィの頰を撫《な》でた。

「正直で、きれいで、優しいのに。『人と姿が違うだけ』、ただそれだけのものを『化物』と呼ぶ人はいるのです」

わたくしが正直できれいで優しいかはまた別の話でございますわよとソフィは笑った。

じっとソフィはシシリィを見つめた。その幼いつるんとしたたまごのような白い頰と、その反対側の焼けただれた赤茶色い頰を。

じっとケーキにかぶりつくマイリィを見つめた。姉と反対側の頰を同様に焼かれた幼いぷっくりと丸い頰を。

『化物』

きっとその言葉をぶつけられたことがあるのだろう、悪意を持って。

『『化物』は、きっとそれぞれの心の中にあるのです。何を『化物』とするかはそれぞれの心が決めるのです。わたくしはわたくしを見てそう呼ぶ人が多いことを知っておりますし、サロンに注目してもらえるようにわざと『化物』を名乗っておりますが、わたくしはわたくしを化物とは思っておりません。人と姿が異なるだけの人間です。誰がわたくしをなんと呼ぼうとも、わたくしは自分がそうだと信じております」

ほたほた、とシシリィの頬を涙が伝っていた。

ぎゅっと抱きしめたい。そう思いながらもこらえ、ソフィはそれを、そっとハンカチを出して拭った。

「お手紙で、治したいとおっしゃっていた火傷《やけど》のお話をお聞きしたく存じます。シシリィ様」

「はい……」

ごくん、とシシリィが口の中のものを飲み込んだ。

「これは……」

「マイリィたちはお姫さまなのよ！」

「え？」

ケーキに夢中になっていたはずのマイリィがいつの間にかぱくつくのをやめ、クリームを口の周りにぺったりとつけたまま、キラキラとした目をソフィに向けていた。

「ねぇねぇも、マイリィもお姫さまなの。お城が焼けて、なくなっちゃったからこじいんでけらいのお迎えを待ってるのよ」

「……」

困惑してシシリィを見ると、シシリィはぎゅっと眉を寄せ、青い顔で床を見ている。

「ねぇねぇもマイリィもお姫さまのお花のあざがあるのよ。お姫さまのしるしなのよ」

見て見て、とマイリィが袖をまくって二の腕を出した。

痩せてはいても子どもらしくぷっくりとしたやわらかなそこに、確かに蓮《はす》の花のようにも見える赤いあざがある。

ほらほらねぇねぇもとマイリィに言われておずおずと同じ場所を見せたシシリィの腕にも、不思議なことに同じ形のあざがあった。

「……お話を聞いてもよろしいですか？」

固い顔で俯《うつむ》くシシリィに、ソフィは優しく問いかけた。


シシリィ、マイリィは、さる国の王家の第一王女、第二王女として生まれた。

裕福に幸せに育った、シシリィ四歳、マイリィ一歳のある冬の日。王位簒奪《さんだつ》を狙う反乱を起こした家来たちが城に火を放った。

火事に気づいた王妃が寝ていた二人を抱え秘密の通路から逃がそうとするも、寸前に天井から落ちてきた火のついた梁《はり》に体を挟まれてしまう。

王妃は顔を焼かれ泣き叫ぶ腕の中の二人を励ましながら、背中にのった燃え盛る梁をその細い手を焦がしながらどかし、なんとか二人を通路の入り口に押し込んだ。

『走りなさいシシリィ！　マイリィを連れて逃げるのです！』

そうシシリィに命じ、もう自分自身は助からないと悟った彼女は、自らが逃げることは諦め扉に手をかけた。涙し、それでも精いっぱい、強く美しく微笑みながら。

『愛しています。……どうか強く生きて。あなたたちの幸せを、母はいつも、どこにいても祈っています』

子どもたちが心を残さず行けるよう、扉を閉じ、外から鍵をかけた。

泣く赤子のマイリィを抱っこし、走った先に見えた出口でシシリィは家来の一人に再会する。城に長年仕える、忠実な老執事だ。

簒奪を狙う反対勢力の数は意外に多く、純粋な王家の血を継ぐ二人の姫が生きていると知られれば必ずや二人は殺される。誰が敵で誰が味方かわからない今は王家の血を守るため、国を離れ、安全な場所に身を隠すしかない。

王はご無事だ。力を蓄え、王位を取り戻した暁にはきっと迎えに行くと、老執事は二人の姫の怪《け》我《が》を治療し、身を隠しながら旅をして、伝手のある遠い国の孤児院に二人を預けた。

いつか必ずお迎えに参ります。その蓮の花のあざこそが、王女のしるし——。

と、消え入りそうな小さい声で語られるシシリィの話をつなぎ合わせ大人の言葉に変換すると、そういうことであった。

語り終えたシシリィは語り出す前と変わらずに真っ青だ。

マイリィはじっとしていられず、部屋の中にあるさまざまなものを眺めたりつついたりしている。

「……そう」

びくんとシシリィの薄い肩が跳ねた。

ソフィはシシリィの火傷の痕に手のひらをかざす。

「では、治療させていただきます」

「えっ」

シシリィが水色の目を見張った。

「どうしたの？」

問えば、小さな声で
「……信じるの？」

「ええ」

ソフィはにっこりと笑った。

「信じるわ」

どんなに壮大な話でも。それが嘘《うそ》だと、いったい誰に決めつけられよう。

『いたいのいたいのとんでいけ』

泣きわめく小さな妹を抱いて走ったしっかり者の第一王女の顔が、そんな姉を慕って離れない無邪気な第二王女の顔が、元通りつるつるのたまごのようになりますように。

『とおくのおやまにとんでいけ』

光のおさまった手のひらの先の火傷痕は、変わらずにそこにあった。

震える小さな手でそっと頬をなぞり、その感触で治っていないことを知ったのだろうシシリィの瞳が涙で潤む。

「あ……」

ガシャーン
何かを言いかけたシシリィの口が、響いた突然の大きな音に開いたまま固まった。

二人してその音の先を見れば、マイリィが床できらきら輝く硝子《ガラス》の破片に囲まれて呆然《ぼうぜん》と立ち尽くしている。

何かを『つんつん』していたらしい右手がそのまま空にあった。

——あそこには確か。

ソフィは慌てて記憶をたどった。そう、光の差し込む角度によって中に薔薇《ばら》の花が浮かんで見える、不思議な球状の硝子細工があった。そう大きなものではなく、レース布の重しとして使っていたので、その存在をすっかり忘れていたのだ。

うかつであった。子どもを迎えるのならば、当然に片づけておかねばならないものだった。

「あぅ……」

「マイリィさん、動かないで！」

硝子の破片を踏んだら大変、と思わず強く言ったソフィに、怒られたと思ったのだろうマイリィがビクンとした。そして。

「あああああああ！」

大きな声と大きな涙を盛大にぶちまけて、ピュッと走り出す。

「マイリィ！」

慌ててシシリィがマイリィのあとを追いかける。

ハッとしてからやや遅れてそのあとを追ったソフィは、二人が厨房《ちゅうぼう》に消えていくのを見た。

「わー」

響いた男性の声はレイモンドの声だろう。

「ごめんなさい！」

涙交じりのシシリィの声が遠くから聞こえる。

「ごめんなさいソフィ様！　ごめんなさい！」

ようやく厨房に着いたソフィの目に映ったのは、混ぜていたボウルの中身のクリームを頭からかぶって床に尻もちをついているレイモンドと、開け放たれた厨房の扉だけだった。


「本当に」

「ええ」

「本っ当～に、お出かけになるのでございますね」

「ええ。……お願いだからそう何度も聞かないでちょうだい、マーサ」

よそいきの珊瑚《さんご》色のワンピースを身に纏《まと》い、顔を二重のベールで覆いつばの広い帽子を被ったソフィが答える。

手にはレースの日傘。よほど下から覗《のぞ》き込まない限り顔は見えないだろう服装で、ソフィはオルゾン家の玄関にいた。

「ちゃんとお供しますよ」

「お嬢様とおでかけなんて、まあ嬉しいこと」

へらりとしたレイモンドと、嬉しそうなクレアが応える。

重要な会議の準備のため今日は屋敷を離れられないマーサが、ハンカチを噛《か》みちぎりそうな勢いでワナワナと震えている。

ちなみにオルゾン家の屋敷には、マーサとクレア以外の年若いメイドもいる。

彼女らはソフィの世話には当たらない。かつて口さがない噂《うわさ》好きの若いメイドたちがソフィの話でクスクスと盛り上がっているところにマーサが出くわし、青き炎のごとく怒り狂って彼女たちをソフィから遠ざけるようユーハンに進言したためだ。もうほぼ全員が新しいメイドと入れ替わっているはずだが、今でも若いメイドはソフィに近づけないよう、立ち入る箇所が区切られている。マーサはメイド長という立場ゆえ、若いメイドたちを取り仕切りもてなしをしなくてはならない。クレアはシェルロッタとソフィ付きのメイドのため、割と身軽な立場である。

「絶対に、絶対に、絶対にお嬢様のお傍《そば》を離れるんじゃありませんよ！」

何度も何度も同じ念押しをされている二人は律儀にマーサを立て、何度目かの「はい」を返した。

あれから二日。

できることならすぐに孤児院を訪ねたかったが、船に乗っていた父ユーハンの帰りを待ち許可を得てからの外出となった。

意外にも父はあっさりと承諾した。てっきりマーサのような反応になると思っていたソフィは驚いたが、よく考えれば一七歳の娘の昼の街歩きなど当たり前のことだ。

むしろ父、いや両親は待ち望んでいたのだと思う。学園をやめた一三歳から、魔力の測定のとき以来外に出ず屋敷に引きこもっているソフィが、自ら『外に出たい』と望むことを。

『たまには外に出てみたら？』

『お芝居でも見に行かない？』

思えばそんなことを言われたこともない。

娘の傷だらけになった気持ちが治癒していくのを、両親は辛抱強く待っていたのだ。四年間も。

四年間。

両親の愛情深さに、恐れ入る思いだった。

オルゾン家の門の内側で、ソフィは足を止めた。

ここから足を一歩踏み出した瞬間に、四方八方から固い泥団子を投げつけられるのではないかという愚かな恐れがあった。

クレアもレイモンドも、何も言わない。

立ち止まったソフィに不思議そうにするでもなく急《せ》かす気配も出さず、のんびりとソフィを見ている。

そんなはずはない。わかっている。

それなのに、足が震える。

ヒリヒリと喉が渇く。唇が震え、泣きそうになる。

『ごめんなさいソフィ様、ごめんなさい』

シシリィの声が響いた。

もう一つ。

『繊細ながらたくましく、実に図太い』

ソフィをそう称す、誰かの声が蘇《よみがえ》った。

ソフィは目を閉じる。

あの子に会いに行く。あんなふうに泣かせたままで、いいはずがない。

ソフィは顔を上げた。

大丈夫。わたくしはたくましい。実に図太い。

スッと足が動いた。

一歩。

二歩。

門を抜けたソフィの体に当たったのは固い泥団子ではない。深い実りの香りをのせた、やわらかな秋の風だった。

「……これからはもっと外に出ようかしら」

「そうなさいませ」

にこにことクレアが微笑んで、やわらかく言う。

「きっと楽しいことが、たくさんございますわ」

「ええ」

ソフィは頷《うなず》いた。微笑み、一筋涙を落として。

空を見上げる。久方ぶりに目に映す、遮るものが何もない高く青い秋の空だった。


『アラストラ孤児院』

シシリィが言ったその場所は、運動不足のソフィの足には遠すぎた。

仕立てた馬車に乗り、ぼんやりと窓の外を流れる風景を見ながら、ソフィはシシリィを思う。

こんなにも遠い距離を、あんなに小さな妹を連れてあの子はソフィのサロンを訪れたのだ。

道中妹はぐずったり、寄り道をしたがったりしただろう。お店の前であれが欲しいとごねたり、急に『おしっこ！』などと言ったりしただろう。

なだめすかして、なぐさめて。苦労して、ようやくたどり着いたはずのソフィのサロンで、どうしてあの子は、本当のことを語れなかったのか。

ソフィはあのときシシリィが発しようとした言葉の先を知りたい。

語ろうとしてくれた本当の話を聞きたい。

かたたん、かたたん、かたたん
石畳で舗装されたきれいな道を馬車は進み、やがて街の一角で停《と》まった。御者が帽子を押さえながらソフィたちを振り返る。

「ここから先は馬車が入れません。恐れ入りますがこちらに停め、お帰りをお待ちしております」

「ありがとう」

目的地の少し手前のその場所で、ソフィたちは馬車を降りた。

街の中央よりは庶民的だが、きれいな商店街である。

一角の服屋の前を通り過ぎようとして、ソフィは足を止めた。

深い青の布に白色で刺された花の刺繡《ししゅう》。あの日のヤオラが着ていたワンピースを、さらに若者向けにしたようなデザインの服。

その横には白地の布にさまざまな色の糸で花を刺した鮮やかなものもあった。

足を止め服をじっと見つめるソフィの横に、ゆったりとした足取りでクレアが歩み寄る。

「お嬢様が着たらそれはもうマーサさんが喜びそうな、きれいな服ですねえ」

「今は花柄が流行《はや》りなのかしら」

ソフィは首をひねる。

「そうっすね、街の女の子はこういう花柄ばっかり着てますよ」

わかりやすくきれいでいいやとレイモンドが言い、ええ、とクレアが頷いた。

「本当に、服の流行は繰り返すものですねえ。今にもっとたくさんの花、大きい花、本物のような柄のものが流行り出しますよ」

若い頃にそうして流行ったものですわ。腕のいいお針子さんはそれはもう引っ張りだこの大忙しでしたのよ、とクレアが笑った。

路地を一本横に入ると、たちまち静かな雰囲気になった。

ふっ、と雲に遮られ太陽の光が陰った。

家と家との間の薄暗い道の奥に、女の人が座っている。

むんと悪臭が鼻をついた。レイモンドがすっとソフィの前に立った。ソフィは思わずその背を見上げる。

レイモンドの体格の良さを知っていたはずなのに、それを初めて感じたような不思議な気持ちになった。

女の人は一瞬老人に見えたがよく見れば二〇の後半か三〇代かくらいの若い女性だった。ぱさぱさの髪が、切れた灰色のローブから覗く。

火傷で色の変わったひきつれのある手のひらに、ヒビの入った碗《わん》を持っている。

『お恵みを……』と、震える小さな声がした。物乞いである。

どの国にも、どの街にもそういう人はいる。

家もなく、職もなく、路上で寝起きする人々。どうしてそうなったのか、ソフィにはわからない。

家を焼け出されたのかもしれない。体を焼かれ職を失ったのかもしれない。

この領は火事が多い。もともと人口の多いところに、他国から船で逃げ出した移民が許可を得ずに住み着き、質の悪い木材でぎっしりと狭いところに家を建てるからだ。そういう場所は一度どこかに火がつくと、海からの強い潮風にのってどこまでも広く燃え上がる。

ソフィは懐の財布から出した数枚の銀貨と、何枚か持参していた『ソフィのサロン』の広告を彼女の碗の中に入れた。

これがただの偽善だとわかっていた。だがそうすることしかできなかった。

女性は驚いたようにぽかんとソフィを見上げ、ハッとして地面に平伏した。

きっとソフィの姿が消えるまでそうしているだろう彼女のことを思い、ソフィにしてはずいぶんな早足になって、そこから遠ざかった。

「もっと人通りのあるところのほうが実入りがいいだろうになあ」

「ナワバリのようなものもあるのかもしれませんわ」

レイモンドとクレアののんびりコンビが言う。

先ほどまでの暗く陰鬱な雰囲気が、雲から覗いた太陽の光と道行く人々のにぎわいに混じり、晴れていく。

「お嬢様、よいことをなさいましたね」

ふんわりと微笑んで言うクレアに、ソフィはぐっと泣きそうになって俯いた。ぽん、とクレアがそんなソフィの肩を叩く。

「施しは、悪いことではございません。もちろんすべての方をおもとから助けられるならばそうすべきではございますが、お嬢様にはまだ早いお話ですわ」

そうクレアが優しく言えば。

「俺も海賊時代、水がなくて干からびそうになってるときに通りすがりの船に水を分けてもらったことがありますよ。おかげで今日生きてます。ありがたいなあ」

頭の後ろで手を組んで、あっけらかんとレイモンドが言う。ソフィはレイモンドをじっと見つめた。

見上げれば首が痛くなるほどに大きな体。海で鍛えたたくましい筋肉。

長い金髪を後ろで結ぶ、海のような深い青の瞳の料理人。

「……レイモンド」

「はい」

「あなたって男性だったのね」

「おれはずっと男ですよ、お嬢さん」

彼は笑った。見慣れた彼の表情にそうねと答え、ソフィは足を進めた。

『困ったときは助け合いなさい。持っているときは持っていない人に分けてあげなさい』

胸に響いたのは会ったこともない、ヤオラのお母さんの声。

はい、と頷き、ソフィは顔を上げた。

できないことばかりを見ていてもしょうがない。今は自分にできることを、できる範囲で行う。

下を向かずに前を見て、そのときの自分の持てる全力で。


歩みを進めた三人の前に、それは現れた。

『あらすとらこじいん』

木の板に子どもの字で書かれた看板があたたかい。

子どもたちの明るい声が外まで聞こえるそこは思ったよりも広く、にぎやかで、ほうっと詰めていた息を吐き出させるほどに、あたたかな空気があった。

建物は古く、何度も修繕が繰り返されているのがわかる。壁の穴をふさいでいるのは擦り切れた文字のあるどこかの古い看板だ。つぎはぎだらけのシーツが洗われ風になびき、穴を何度も補修しすぎてもともとの生地の色もわからなくなった小さな靴下が木の実のようにたくさん干されている。塀はボロボロだが隙間を埋めるようにみずみずしい葉っぱが覆っていて、よく見れば食べられる野菜が実をつけている。

質素堅実にして貧を一切恥じぬ。

使えるものはなんでも使う。食えるものならなんでも喰《く》らうという不動の意志を感じさせる、開き直って一周回ったような、堂々たるたたずまいである。

「何か御用でございますか?」

庭で子どもたちと畑を耕していた若い女性がソフィたちに気づき、前かけで土のついた手を拭いながら笑顔で歩み寄ってきた。小さな子どもたちが、興味津々の顔でソフィたちを見ている。ぺこりと彼らに礼をすると、皆くわやシャベルを地面に立てピッと背筋を伸ばして、『こんにちは!』と大きな可愛い声で挨拶をしてくれた。

孤児院では簡単な仕事を子どもたちが有料で引き受けることが多い。

ソフィの住む領の領主は若いが福祉に厚い良君であり、孤児への対策もその一部だ。孤児院を作りただ単に金を与えるのではなく、孤児に仕事を与える側にその負担する金額を減ずる政策を取っている。普通に大人に頼む相場の六割で、仕事を孤児院に頼めるのだ。

とはいえ仕事をするのは子どもたち。頼めるのは簡単な掃除や荷物運び、草むしり等、内容は大人の仕事を奪うほどのものではない。

すでにある労働力と上手にバランスを取りながら、子どもたちに仕事を与え自分たちの手で稼がせようというそのやり方を、ソフィは好ましいと思う。

ソフィの身なりから、裕福な家のお嬢さんが何か仕事の依頼に来たと目星をつけたのだろう。営業用ににこにこと微笑む彼女に、ソフィはおずおずと聞いた。

「こちらに、シシリィ様、マイリィ様という女の子はいらっしゃいますか？」

ぴた、と女性の笑顔が固まった。

ぎ、ぎ、ぎと錆《さ》びた鉄人形のように首が動き、建物のほうを向く。

「院長！　院長――――っ！」

大声で叫びながら、走って建物の中に消えていった。

やがて飛び出してきた痩せた高齢の女性が、ソフィたちを認め足を止めて礼をする。

「アラストラ孤児院院長のマーガレットと申します。このたびはうちの子どもたちが大変なご迷惑をおかけし、誠に申し訳ございません」

どうか中へお入りください、とソフィたちを促した。


連れられた先は、保健室のような場所だった。

「失礼いたします」

「はい、……これは院長」

「様子はいかが？」

「また、今日も何も食べません」

「わかりました」

扉の中からそんな会話が聞こえ、ソフィたちはその部屋に招かれた。

白いシーツのかかったいくつかのベッドのうちの一つの上に、ぽつんとシシリィはいた。

ほんの三日前に会ったばかりなのに、彼女はとても痩せこけてしまったように見えた。

はっと大きな目がソフィを捉えて見開かれた。大きな水色の目にじわりと涙が浮き、ぽろぽろと頬を伝って落ちる。

「たいほしないで」

必死で起き上がり、かけ布団をどかそうとする。

「マイリィをたいほしないで。お願いします」

「しないわ」

言い切ったソフィに、ほっと息をついて、ぐるんと半目になり、そのままぽすん、とベッドに沈んだ。

「あっ……」

思わず抱きとめに走ろうとしたソフィの肩を、院長がそっと手で制した。

保健室の先生のような女性がシシリィを抱えそっと楽な体勢に寝かせ、布団をかけ直している。

院長がそれを、じっと見ている。

「三日前、夕方に妹をおぶり、靴を片方なくして、ドロドロになって帰ってまいりました。それからあの子は何も食べず、夜も眠っておりません。何があったのかを聞き出そうにも震えるばかりで何も話さず、話さなくてもいいからご飯だけは食べてくれと職員が懇願しても何も口にしませんでした。妹のマイリィから話を聞いたものの、小さな子どもゆえにとりとめもなく。どこかのお屋敷で何かを壊したことだけは断片的に知れましたが、どこで、何を壊したのかが知れませんでした。

こちらからお詫《わ》びに行くべきところ、ご足労いただきまして誠に申し訳ございません。大変恐れ入りますが、院長室にて詳しいお話をお伺いしてもよろしいでしょうか」

「あっ俺は子どもにクッキー配ってます」

「わたくしは子どもたちと遊んでおりますわ」

にこにこうきうきと離れていくレイモンドとクレアを諦めて、ソフィは院長に従って院長室に入った。

一番偉い人の部屋なのにそこは日当たりが悪く狭く、事務用の机と来客用のテーブル以外は本しか置いていない簡素な場所だった。

慣れない上座に座りもぞもぞしていたものの、あたたかなお茶を供され飲むとなんだか懐かしいような不思議な味がして、ソフィはようやくほうっと息をついた。

「ご挨拶が遅れまして誠に申し訳ございません。わたくしはソフィ＝オルゾンと申します。港の近くでこのようなサロンを開いております」

懐から出した『ソフィのサロン』の広告を院長に手渡した。

眼鏡を上げ下げして、院長はそれをじっくりと読み込んでいる。

読み終わるのを待ってから、ソフィは言葉を続けた。

「正式に文《ふみ》でのご予約ののち、三日前シシリィ様はマイリィ様をお連れになり、わたくしどものサロンにお客様としてお越しになりました。その際マイリィ様が誤って硝子の置物に触れておしまいになり、確かにそれは割れましたが、大したものではございません」

穏やかなヤギのようだった院長の目が眼鏡の奥でキラリと光った。

「マイリィは『これくらいの、なかにおはながさいているとうめいなきらきら』と言いました。中に花が浮く透かしの硝子細工は門外不出のマイユ産硝子にしかないものかと思われます。たいそう高価で、どんなに小さくともそれはもうこの院の三月分の食費は賄えるほどの価値のあるものかと存じます」

ヒュー！ 院長先生お目が高いわ、とソフィは心の中で呟《つぶや》いた。大正解である。

「それではこう言い換えます。わたくしどもは小さなお客様がお越しになることを事前に知りながら、落ちれば割れるようなものを子どもの手が届く場所に置きました。マイリィ様にお怪我はございませんでしたでしょうか」

「ございません。今日も元気に走り回っております」

ほっとソフィは息を吐いた。

「すべて私どもの手落ちでございます。このような広告を撒《ま》き人をお招きしておきながら、おもてなしにそのような手落ちをいたしましたこと、誠に申し訳ございません。責められるべきはわたくしども。弁償いただくどころか、こちらからなんらかの謝罪をすべきところと存じます」

『マイリィをたいほしないで』

シシリィはそう言った。

高価なものを壊し、馬車行き交う道に飛び出しかねない妹を止めるため、謝ることもできないまま走り去らなければならなかったシシリィ。

しっかりもののあの子のことだ。妹を捕まえて、謝りに戻ろうと思ったに違いない。

だが。

『たいほしないで』

戻れば妹は捕まってしまうかもしれない。弁償しようにも、シシリィはお金を持っていない。

戻り謝ることもできず、きっと泣きながら妹をおぶって孤児院に帰り、帰ってなお罪の意識にさいなまれ、食事も喉を通らず眠ることもできなかった。

帰り道、シシリィはどんなに悲しかっただろう。不安だっただろう。

『ふたりぶんやけどをなおしてください（シシリィ六さい、マイリィ三さい・こども）』

一生懸命書いて消して、書いて消して出して。歩いて歩いてようやくたどり着き、ふたりぶんの火傷を治してもらって弾むような足取りで引き返すはずだった帰り道。それは妹と罪の意識と不安を背負う、どんなに怖くて悲しくて、長いものになっただろう。

期待し、胸を高鳴らせ、叶《かな》わなかったときの体に穴の開くような悲しみを、ソフィは知っている。

「それが謝罪になるかはわかりかねますが、もう一度シシリィ様とマイリィ様の治療をさせてはいただけませんでしょうか。どうかお願いいたします」

ソフィは立ち上がり、院長に向かって深々と頭を下げた。

シシリィを想《おも》い思わず流れてしまった涙を、そっとハンカチで拭う。

「……お顔をお上げください。そしてどうか、お座りください」

静かな院長の声に、ソフィは従った。

スッと院長はソフィのサロンの広告の一部分を指で差す。

「ここには『治療のためにはそれを負ったいきさつをすべて正直に話してもらわねばならない』とあります」

「……はい」

「シシリィはあなた様に、何を語りましたでしょう」

「……」

言葉を選んでいるソフィに、院長は悲しげに眉を下げた。

「『蓮の花のあざを持つ、反乱軍に倒された国の王女』でございますね」

「……はい」

そっと院長は眼鏡《めがね》を外し、疲れたように眉間を押した。

「あの子は本当に、真面目な子なのです」

そうして院長は語り出した。


シシリィ、マイリィが孤児院の前に捨てられていたのは、冬の寒い朝のことだった。

ときどきあることである。ここアラストラ孤児院は比較的規模が大きく、積極的に多くの仕事を受けているため、一般の人の目に留まる機会も多い。

子どもを育てることのできない親が、孤児院といえばあそこと思い出すのだろう。瘦せこけた腕に赤子を抱いてこの子をお願いしますと頭を下げる女、かあちゃんがここに行けって言ったと母親の手紙とともに現れる兄弟、ノックの音に外に出れば、ぽつんと捨て置かれた赤子。正式な手続きを踏まずに預けられるそういう子どもたちを、アラストラ孤児院は受け入れていた。どこの、誰の子であろうと、一度この野菜の門扉をくぐったなら、その子はもううちの子であると。

「皆様健やかで、しつけがしっかりなされておいでなのがわかりますわ」

「挨拶は基本でございますゆえ」

少しマーサのような雰囲気を醸し出して院長がきりりと言った。

「裸足《はだし》のシシリィはまだ赤子のマイリィをおんぶして、門の前に立っていたのでございます。当時四歳の子どもが泣きも騒ぎもせず、職員が起きてくるのを、じっと待っていたのでございますよ」

寒いよ入れてよと騒いでいい歳《とし》の子が、いつからそこにいたのかは知れないが、足と手の指の先を紫色にして白い息を吐きながら、門が開くのをじっと待っていたのだという。

「わたくしは子を捨てる親を恨まないことにしております。人にはさまざまな事情がございます。生きるため、生かすために子を手放さねばならないこともありますでしょう。それでもあの仕打ちはあんまりでございました。なぜ孤児院の門を叩《たた》き、これこうでと事情をお話しになって預けないのです。なぜ手紙も持たさずに置いていくのです。凍えるような寒さの中に、なぜ裸足の子どもに赤子を背負わせ置いていけるのです」

静かに言う、温厚そうな院長の喉に筋が立った。

「不勉強で申し訳ございません。親が生きていても、こちらにお子を預けることができるのですか」

『孤児』院なのだからきっと親がいない子しか入れないのだろうと思っていたソフィは思わず質問をした。そっと院長が息を吐いた。

「わたくしどもの広報不足は重々承知しております。あまりに子が集まりすぎても運営が立ち行かなくなるというわたくしども側の都合もあってのことでございますが、我が孤児院は貧困等の理由で育てられなくなった子も、お預かりしております。ただし三年以内に引き取りにいらっしゃらなければ、子の行く先はわたくしどもの手に委ねられ、養子先や奉公先はわたくしどもの判断でさせていただきます。三年で正式に『うちの子』となるのです」

『アラストラ孤児院の子なら』と、受け入れてくださる奉公先も増えてきておりますのよと院長は少しだけ誇らしげな顔になった。

小さな子には言葉を、大きな子には作法と学問を、やがては手に職を。

仕事の合間合間に教え、衣食住を整え教養を身に付けさせ、その適性に合った場所へと導く。

「何十年もかかって、ようやく形になってきたところでございます。領主様のお力添えも大変にありがたいことでございました。子どもたちは日々さまざまな仕事をしながら、何が自分に合っているかを考えます。大人たちは仕事をする姿を見、この子ならばと見込みをつけます。多くの子がこの院を出て、立派な社会人になっておるのですよ」

話が逸《そ》れて申し訳ありません。と院長は茶を含んだ。

シシリィは初めの一年間、言葉を発しなかった。

口がきけない子なのだと思って接していた職員はある日、シシリィがマイリィに昔話を聞かせているところに遭遇する。それが例の『蓮のあざのある王女』の話であった。

わたしたちは王女なのよマイリィ。

だからしっかりお勉強して、しっかりこじいんのお仕事をして、けらいのお迎えを待つのよ。

はずかしくないレディになるのよ。

「骨と皮ばかりの体に、服とも呼べないようなぼろの布を巻いて門前に捨て置かれた子どもたちなのです。それが作り話なのは誰にでもわかりました。ですが誰も咎めませんでした。『王女なのよ』とふんぞり返って威張り散らすならば咎めもしましょうが、あの子は誰よりも真面目に、真剣に勉強にも仕事にも取り組んでおります。あの子の磨いた廊下や窓は誰が拭いたか一目でわかるくらいピカピカです。己に唯一残された親の手紙を箱に入れて宝物にする子、残されたハンカチを抱きしめて離さない子。それと同じです。あの話は四歳の子が考えるにしては難しすぎます。きっと母親が寝物語に語ったのでございましょう。母親に与えられたそれを抱きしめて生きる糧にする親のない小さな子どもを、妹を背負い必死で生きようとするあの子を、どうして、いったい誰に責められましょうか」

ふう、とわずかにため息をつき、院長はスッと姿勢を正した。つられるようにソフィも背筋を伸ばす。

「あの子たちの火傷痕を治していただけるというのであれば、わたくしどもはあなた様を歓迎いたします。……どんなに性質のいい子どもでも、人というのは残酷なほどに外見を見るのです。あんなにも幼いものに、思わず耳をふさぎたくなるような心ない言葉をかける大人もおります」

院長とソフィは目を合わせた。

ご存じでしょう、存じておりますとは、言わなかった。

そっと院長が目を伏せた。

「この立場にある者にはあるまじきこととわかっております。ですが、あえて申し上げましょう。あの日あの場所に裸足で立っていたあの子に、誰よりも真剣に床と窓をきれいにするあの子に、わたくしは誰より幸せになってもらいたいのです」

深々と頭を下げた。

「クッキー大人気でしたよ」

「よかったわねえ」

ぺちゃんこになった布の袋を肩にかけ、なぜか髪の毛までぐちゃぐちゃになったレイモンドが機嫌よく言う。

「わたくしはあやとりをいたしました。可愛らしい子ばかりでしたわ」

クレアが微笑んでおっとりと言う。

孤児院を出て馬車のある場所までゆっくりと歩いていると、行きに女性のいた路地に出た。

気になって覗き込むと、あの女性が地面に這《は》いつくばるようにして喘《あえ》ぐように息をしている。

「大丈夫ですか⁉」

思わず声をかけたソフィに、バッと彼女は振り向いた。

「あ……」

顔を上げソフィを認めた女性が、這うようにソフィに近づいた。ホラーである。

レイモンドとクレアがソフィの前に立つ。

「あ……あ……文を」

「文？」

首を傾《かし》げたレイモンドが女性を覗き込む。

彼女の火傷だらけの手のひらに、質の悪い茶色い紙の破片が握られている。

真っ黒に何かを刷り込まれ、石にこすれたのか穴が開いている。震える彼女の右手から木炭のかけらが落ちた。

ソフィは気がついた。彼女は喘いでいたのではない。地面に置いた紙に、炭で文字を書こうとしていたのだ。

「……文を、わたくしに出そうとしてくださったのですね？」

「はい。で、ですが指がひ、引きつって、う、うまく書けなくて」

恥じるように紙を胸に抱き、ぶるぶると震える女性の目から涙が落ちる。

「ほ、施しを頂戴した上に図々しくも……私のような者が行っても、ご迷惑になると知りながら、どうしても、あ、諦めが、つかなくて」

体を丸め、ぐうぅ、と女性は泣いた。

声を上げることすら迷惑になると思っているのだろう。必死で嗚咽《おえつ》を飲み込んでいる。

頬の垢《あか》を涙が流し、そこだけ肌の色があらわになる。手同様、ひどい火傷の痕がそこにもあった。

「お屋敷は遠いのです。ご飯もご満足に召し上がっていないあなた様のおみ足では、何日かかるやもしれませんよ」

クレアがおっとりと言う。

「は……這ってでも、這ってでも参ります」

「這ってあそこまで行ったら擦り切れて死んじゃうよ」

「擦り切れても参りますので……」

クレアとレイモンドが振り返ってソフィを見た。二人と目を合わせ、ソフィはしっかりと頷く。

女性に歩み寄り、ソフィはその手から紙をそっと抜いた。

「確かに受け取りました。ですが今日はもう遅く、サロンに戻る頃には夜になってしまいますので」

続くのは断りのセリフだと思ったのだろう。女性の顔がぐしゃりと歪《ゆが》んだ。

「よって本日、サロンは出張で行います」

「なんか椅子になるようなもん持ってきます」

「わたくしは何かおなかに入れるものと飲み物を探してまいりますわ」

ぽかんと女性がソフィを見上げる。

にっこりとソフィは微笑む。

「ソフィ＝オルゾンと申します。お話を聞かせていただけますか」

キルト二七歳、元お針子と女性は名乗った。

近頃は日が落ちれば肌寒い。二人はレイモンドが運んできた樽《たる》に座り、クレアの持ってきた布を膝にかけ、あたたかな生姜《しょうが》と蜂蜜の入った茶を飲んでいる。

もったいない、地面でいいというキルトをレイモンドがまあまあと座らせて、クレアが布を被せ手に茶を持たせた次第である。

初めはおずおずと。だが久々の甘味に負けたのだろう、ふうふうと吹きながら包み込むようにして茶を味わっている。

レイモンドとクレアも壁を背にして樽の上だ。路地を覗き込んだ人がいたら、あまりにもよくわからない状況にぎょっと目を見張ったことだろう。

ふうふうしながら茶を飲むのに必死になっていたキルトは、やがて三人の目が自分に注がれていることに気づき、頬を染めた。

「粗相をいたしました」

「いいえ」

こちらもどうぞと籠に入った小さなパンを勧める。肉などは入っていない、耳たぶくらいやわらかなもっちりとした温かいパンだ。彼女のおなかを驚かさないようにというクレアの配慮だろう。もったいないと固辞しようとしていたキルトだが、やがて茶のとき同様根負けし、温もりを味わうように少しずつ食べ始めた。

「……私はお針子でした」

そうして、キルトが語るには。

キルトは腕のいいお針子だった。特に細かな花の刺繍が得意で、高貴なお方から名指しで注文を受けることさえあったという。

娘が二人。配達の仕事をしていた夫は下の子がまだ乳飲み子の頃に魔物に襲われ、死んだ。

「女手一つでしたが、私には手に職がありました。必死で働いて、いつか娘たちがお嫁に行くときの持参金を貯金して、なんとか生活できておりました」

赤子を背中にひっくくり、できうる限りの仕事を受けて、朝から晩まで手を動かした。上の子はまだ四歳なのにほとんど母親の手を煩わせることもなく、母の傍らで手仕事をじっと見つめていた。

自分たちは一生纏えないだろう高価な生地を憧れの目で見つめる幼い子。

ぷっくりとしたやわらかな頬に自分の頬をすり寄せながら、キルトは思った。

いつかこんな素敵な生地で、おかあさんがあなたたちに花嫁衣装を縫ってあげる。

しっかりごはんを食べさせて、しっかりお勉強を教えて。指が上手に動く時期になったら、針も教えてあげよう。

大丈夫、生きていける。

暖かな日は散歩をした。

川で遊んだ。

寝る前は布団でぎゅっとくっついて、たくさんのお話をした。

「生きていけると、思っていました」

——あの日までは。

異様なにおいに目を覚ましたとき、火はすでに家の中を舐《な》めていた。

もうもうとした黒煙に涙を流しながら、キルトは自分を挟んで寝ている姉妹を両の腕に抱き外に飛び出そうとしてはっとした。

娘たちそれぞれの名前を書いた銀の缶。棚の小麦粉の後ろに隠してあるそれは、娘たちの将来のための、なけなしの貯金。

いつか素敵なドレスを纏って、愛する人と笑って家を出るためのお金。

取りに戻るべきか、一瞬足を止めたそのほんのわずかな時間が分かれ道だった。

やはり危険だと諦めて外に飛び出そうとした瞬間、燃え落ちた梁が上から落ちてきた。

じゅわ、と己の顔が焼けるのを感じた。

けたたましい悲鳴が腕の中から上がった。

あまりの痛みに意識が遠ざかりそうになるも、そんなことは絶対にできない。この子たちを置いてなど行けるわけがない。

キルトは子たちを脇で挟むように抱き上げたまま、自分の顔にのしかかる燃えた梁を押し返した。力を振り絞って外に出た。逃げ惑う人々の中にいた親切な人が水をかけ、親子三人を荷車に乗せて運んでくれた。

冬の乾燥と強風が招いた火事はあたり一帯の家々を焼き払っていた。

安価な貸家の連なる地域、焼け出されたのは貧乏人ばかり。奇特な貴族が屋敷の一部を開放し、怪我人たちを受け入れてくれていた。

そこで目を覚ましたキルトは、己の顔と手、抱いていた子たちの両頬に残る悲惨な火傷を知った。

「こうして二人を抱いていたので、それぞれ私の体に当たっていないほうの頬が、焼かれたのです」

ほろほろとキルトは泣いている。

ソフィは何も言葉を挟めない。腕を動かしたキルトの袖から、見知った形のあざが覗いたからだ。

息を呑《の》み彫刻のように固まったまま、ソフィはキルトをじっと見つめていた。

そんなソフィの様子に気づかず、キルトは続ける。

しばらく体を休めさせてもらったが、本来なんの関わりもない貴族に、いつまでも面倒を見てもらうことはできない。傷の癒えたものから順次、清潔な服を与えられてそこを去っていった。

寝るときも身に着けていた、夫にもらったネックレスと指輪を売ると、もう何もキルトの手元には残らなかった。

火傷した指は引きつれて、前のように滑らかには動かない。針の仕事など夢のまた夢だった。

なんとか借りた狭くてじめじめしたあばら家で、薄いスープをすすった。

やれる仕事があればなんでもやるつもりだった。

客商売、食べ物に関わる仕事は顔のせいで断られた。下の子を背中にくくって、上の子を近くで待たせて、くず拾い、どぶさらい、下肥集めをした。

人に嫌われる仕事でもやる人間はいくらでもいる。やっと回ってきた仕事の日、はかったように下の子が高熱を出す。頭を下げて断って、またようやく回ってきた次の仕事の日、今度は上の子が腹を下して熱を出す。

安い家賃を払えず溜《た》め込んで、督促に来た大家には同情するような目で、あと一回遅れたらここを出てってもらうよと言われた。

もうキルトの手には数枚の銅貨しか残っていなかった。

「しびれるように寒い日でした」

三人は久しぶりにお散歩をした。

貴族にもらった薄い布の服はすでに擦り切れぼろ布のようになり、寒さが刺すように染み込んだ。

夜明け前の薄明るい日の中で、ドーナツ屋の屋台が店を開けるための仕込みをしている。

甘い香りに、くう、と上の娘の薄い腹が鳴った。甘いものなど久しく口にしていなかった。

店主に持っている金をすべて見せ、これで一つ買えるかと問うた。

まさかと首を振ろうとした店主は、火傷の女にくっつく小さな子どもたちに気づきその動きを止めた。

『もとは売り物じゃないけど、これなら』

ほかほかの湯気の出るそれは、ドーナツの形をしていない。

『……これは？』

『まんなかだ！』

上の子が嬉しそうな声を上げた。子どもとは思えぬ頬骨の浮き出た顔で、にっこりと笑っている。

『まんなかだよね、おじちゃん』

『そうだよ。よくわかったなあ、賢いなあ』

ほかほかと湯気を出すそれを、三つ。紙を折った袋に入れて渡してくれた。

手の中の全財産を店主に渡し、いつか遊んだ川の上流のほとりに立った。

下流とは比べものにならないほどごうごうと、冷たい川は音を立てて流れていた。

『三つ全部、食べていいのよ』

『でも』

ちらりと下の子とキルトの顔を見る。

『赤ちゃんだからまだ食べられないの。お母さんは今おなかがいっぱいだし』

『はい！』

三つのうちの一つを、押し付けるようにキルトの口に運ぼうとする。

『はい！　お母さんたべて！　はい！』

その必死な目に涙が浮かんでいるのに気づき、キルトはそれを受け取った。

まだあたたかく、甘い香りがした。

口に含めば周りは香ばしくからりと揚がり、中からじゅわりと甘い油が染み出した。

はふ、と口から湯気が出た。

『おいしいねぇ』

しゃがんで娘と目を合わせて、キルトは笑った。今まで食べたものの中で、一番美味しいと思った。

久方ぶりの母の笑顔に、娘も顔いっぱいに笑った。あたたかなものを口に運び、頬ばって、やっぱりにっこりと笑う。

『おいしいまんなかだねえ！』

うふふふ、と目を合わせて笑った。

本当はもう味なんてしなかった。涙が溢《あふ》れて、鼻と喉が詰まって、息すらも満足にできていなかった。

飛び込もうとしていた川を離れ、下の子を背負い上の子と手をつなぎ、足を引きずりキルトは家に引き返そうとした。

ふと、道中に孤児院があるのを思い出した。

道でくず拾いをしている子どもたちを見て、どうしてあの子たちはこどもなのにお仕事をしているの？　と上の子が言ったことがある。

親のない子を見下すような娘に育ってほしくなくて、寝る前に、孤児院のお姫様の話をした。

何がそんなに気に入ったのか何度もせがまれて、何度でも同じ話を繰り返す羽目になった。

つないでいる手を見た。もうふっくらとしていない、火傷の痕が痛々しい娘の頬を見た。

薄い生地に包まれた体は骨ばって、腕などはもう小枝のようだった。

親のある子なのに。この子はもう、彼らよりずっと痩せてしまった。

こらえてもこらえても涙が落ちた。

死のうとした。そしていったんは思い直しこのまま家に帰っても、きっとまた同じことをする。

だってただ一つの銅貨も、それを手に入れるためのすべも、もうこの引きつった手には残ってないのだから。

「――一〇数えて、お母さんが見えなくなったらすぐに門を叩きなさいと言いました。もう凍えて冷え切って、足の先まで紫になっていたから」

死ぬのなら一人で。

あの子たちを連れてはいかない。

あの明るい孤児院ならばきっと、きっと子どもたちを受け入れて、温かいごはんを与えてくれる。

上の娘に下の娘を抱かせ、頬を両の手で挟んだ。顔をじっと覗き込んだ。

『おかあさん』

『うん』

『まんなかまた食べようね』

『……うん』

涙で娘たちの顔が見えなくなるのが嫌で、目をごしごしと拭った。

『……さようなら』

視線を振り切るように必死で走った。振り向いたらもう二度と手を離せず、きっとまた一緒に死にたくなると思った。

「私はあの子たちを愛していました。でも同時に心のどこかで、お荷物だと、思っていたのです。この子たちがいなければもっと働けるのに、こんなに飢えはしないのにと。でも、間違いでした」

震える指が目を押さえる。

「荷物じゃない、杖《つえ》だったのだと気づきました。二人がいなくなったら、朝起きようとも、働こうとも、ご飯を用意しようとも、体を洗おうとも思わなくなりました。あの子たちがいたからこそ、わたしはぎりぎり立っていられた。人間でいられたのだと気づきました」

ふたたび死ぬために家を出る力もなく、ついに家を追い出されキルトは路上で寝起きするようになった。

「自分が生きているのか、死んでいるのかもわからないまま、ここに。少しでも、あの子たちの近くにいたいという一心で」

ぐぅと嗚咽を漏らした。

「自分で捨てたくせに。愚かな女のお話を聞かせて申し訳ありません」

「――お嬢様たちのお名前は？」

「シシリィと、マイリィです。夫が、ふるさとにあるきれいな島の名前を付けたのです」

うわぁとレイモンドがのけぞった。

お顔がよく似ていらっしゃるものねえと、うんうんクレアが頷いた。

ソフィがスッと立ち上がり、腕まくりをした。

「どうでしょう、指は動きますか？」

火傷を癒され現れたキルトの顔は、まさにクレアが言う通りシシリィ、マイリィにそっくりだった。恐る恐るという様子で、これまたソフィに癒された指を動かす。

「……動きます……ええ動きます！」

「骨や腱《けん》に何かがあればわたくしの力では癒せておりません。動かないところや痛みはないですか？」

「ありません……まるで夢のようです」

「そうですかよかった。しばらく動かしていなかったのですから最初は無理せず、徐々に慣らしてください。ところでキルト様、申し訳ございませんがわたくし少々急いでおりますのでいくつか端的に申し上げます」

「はい？」

「まず、シシリィさんとマイリィさんはお元気です。お母様から語られた『蓮の花の王女』のお話を宝物のように抱きしめて、前を向いてお過ごしです。それとアラストラ孤児院では正式に『孤児院の子』となるのは預けられてから三年経《た》ってからだそうです。あらあと一年でございますわ生活の基盤を築くにはあまりにも時間がございませんわね。そして今街では花の刺繍の服が流行っております。我が家の優秀な侍女の予想では、今後より一層緻密で数の多い刺繍が流行することになりましょう。今優秀なお針子がいればどこでも求められることと思います。ところでアラストラ孤児院の院長は子どもたちへの愛ゆえに相当手ごわいお方です。もしも、万が一、一度その手で捨てたものを取り戻したいとお考えならば事前に相当のご覚悟とご準備が必要です」

キルトが息を呑む。

治ったはずの手は小刻みに震えている。

「キルト様、いい孤児院にお子様をお預けになりました。きっとこれからお二人はあそこですくすくと育ち、いい養父母やお店に引き取られることでしょう。ですが」

「……」

キルトが恐ろしいものを見るようにソフィを見ている。きりとソフィはキルトの水色の目を見据えた。

仕方なかった、それしかなかった、それでよかったのよと、この女性を励ましたい気持ちはある。でも。

『好きなおやつはドーナツのまんなか』

イチゴのたくさんのった大きなケーキを前にして、あの子はそう言って嬉しそうに笑った。

「もしも、どうしてもそこから取り返したいという強い意志がおありなら。あなた様には今己を責めている時間がございません。一刻も早く身を清めごはんをいっぱい食べて力をつけて、お仕事をしてお金を貯めて、小さくてもいい親子三人が幸せに暮らせる家を借りる必要がございます」

親のない子どもだって、見守る人の優しい目があれば健やかに育てる。あたたかいあの場所ならば、シシリィとマイリィはきっとすくすくと育つことだろう。

でも、シシリィは待っている。

『蓮の花の王女』の話を妹に繰り返し聞かせ、抱きしめてなぞりながら。途中で終わったその話の続きを聞かせてくれるはずのただ一人の人のお迎えを待っている。

「孤児院に預けられた日、シシリィ様は一〇数えてお母さんが見えなくなっても門を叩きませんでした。朝になるまで、マイリィ様を抱いたままそこに立っていたそうです」

口を押さえ、キルトがボロボロと涙を零《こぼ》した。

「もしかしたら道の先から、ひょっこりお母さんが戻ってくるのではないか、そう思って、寒くても怖くても待っていたのでしょう。また温かいドーナツのまんなかをお母さんと一緒に食べようと待っていたのでしょう、だってあれを食べれば、お母さんが笑うから。今もあの子は妹を守りながら、必死に床と窓を磨きながら、お母様にもらったものを妹に分け与え励ましながらお迎えを待っておいでです。物語の続きを待っておいでです。マイリィ様は天真爛漫《らんまん》に、そんなお姉さまを心から慕って信じておられます。あのけなげで可愛い子たちは、いったい、いつまで待てばよろしいのでしょうか」

「わたし体を洗ってきます！」

急に走ったら危ないですよとクレアが言った。

今の時期は西の広場の井戸のほうが水があったかいよとレイモンドが言った。

遠ざかっていった女性の姿が消えたのと同時にソフィは振り返る。

「孤児院に戻りましょう」


目の前のお餅のような白い頬を、にこにこと微笑んでソフィは見つめた。

孤児院に戻ったときにはシシリィもマイリィもすでに夢の中で、子猫のようにくっついて丸まっていた。

起こさないよう癒そうと思っていたのに、魔術は光るので大変ヒヤヒヤした。が、二人とも疲れているのかピクリともせず、光が収まったそこにはこどもふたりぶんのやわらかな頬が現れた。

明日の朝、きっとびっくりするわとソフィは想像して、何度でもにこにこする。

ドアが開きランプの光が差し込んだことに気づき、ソフィは二人を起こさないよう、抜き足差し足で部屋を出た。


「お話はクレア様からお伺いしました」

院長室。院長が眉間を揉《も》みながら言い、カッ！ と目を見開いた。

「いい度胸です。今更のこのこと引き取りに来られるものなら来てごらんなさい」

「お二人にはお話しになるのですか？」

「まさか！」

またカッと院長が目を見開いた。

「何もないところから女が一人で生活の基盤を作る。たった一年で？ なんの保証もありますまい。子どもたちには期待をさせるだけ酷でございます」

「それでもキルト様が万事整えて現れたら」

「……実に勝手な話ではらわたが煮えくり返りますが、実の母親なのであれば引き渡すほかありますまい。ですがこちらも養子や奉公先の準備は予定通り進めます。おかげさまで健康で、容姿、性格とも優れている子らですから、きっといいお話が降るようにあることでしょう。その上で母親にはわたくしこと『ネチネチマーガレット』が、本領を存分に発揮して温かく対応させていただきます」

ふんと鼻息を吐いた。やっぱり手ごわいわ、とソフィは思った。

彼女は壁だ。

屋根を失った子どもたちを受け入れ守り、生きていくための知恵と日々の糧を与える。この孤児院の塀に似た血の通う生きた壁。

「……キルト様はお二人を手放したこと、大変後悔しておいでのでしたが、わたくしは正解だと思いました。ここはあたたかな、素晴らしい孤児院ですわ」

「もちろんです。ところでソフィ様、オルゾン家に侍女の不足はございませんか？」

「手ごわいわ」

頑張れ、頑張れキルトさん。

今頃井戸の冷たい水で必死に体を洗っているだろう女性に、白目を剝《む》きながらソフィはエールを送った。

✶

その日は朝からどしゃぶりの雨だった。

来客の予定もなく、夕飯までとサロンで本を読んでいたソフィを、マーサが呼んだ。

「クルト＝オズホーン師がお見えです。ずぶ濡《ぬ》れなので、お嬢様に玄関まで来てくれないかと仰せです」

ソフィは本を置いた。


「まあ」

玄関に向かえばそこには、全身びっしゃりと雨に濡れた黒髪の男が立っていた。

「傘がお嫌いですの？　オズホーン様。意外とやんちゃな一面がおありですのね」

「いえ、差すのを忘れました。ソフィ嬢」

「はい」

「お元気ですね」

「はい。おかげさまで」

じっと黙ったまま、男はソフィをつま先から頭の先まで見た。

「何よりです。玄関を濡らして申し訳ありませんでした。失礼します」

「何があったのかはお伺いできませんの？」

背を向けようとしていた男が止まり、振り返る。

黒い瞳がもう一度ソフィを映す。

「……本日、増水した川に若い女性の遺体が上がったそうです」

「……」

「生来の病が治らず絶望して自ら死を選んだ娘のものと、それだけしか聞けませんでしたので。あなたがお元気ならよかった」

雨水を髪から滴らせながらいつもの顔で彼は淡々と言う。

全身色が変わるほど濡れネズミになった男の姿をじっと見て、ぎゅっとソフィは体の前で揃えた両手を握った。

「……それでお仕事が終わってから、すぐにここにいらしたの？」

「はい」

「……うっかり傘を忘れて？」

「はい」

「わたくしが身投げしたと思って」

「可能性の一つとして考えました。先日私は、あなたを大変失望させたので」

「……失望などしておりません。それにわたくしは図太いから、大丈夫です」

「それはあなたの一面であり、繊細な面もおありです。お元気で何よりです」

向けられた背中にソフィは声をかけた。

「傘をお貸しします。今、布も」

「いえ、もう内まで染みているので必要ありません。それでは」

びしょ濡れのまま扉の向こうに消えていった男の足音が雨音に混ざって消えていくのを、しばらくソフィは、ぎゅっと強く手を握ったまま聞いていた。

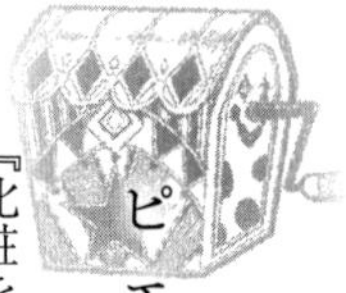

ピエロのピエール

『化粧を消してほしい（ピエール　六〇歳　男　道化師）』

りん、りん、りん

弾むようなベルの音のあと、扉が開いた。そこからお客様が現れるのをソフィは立って待っている。

「？」

なかなか現れないお客様に、ソフィは首をひねった。

と、軽快な音楽が流れ始めた。うきうきとするようなその音楽に、ソフィは思わず揺れる。

シャボン玉がぶわっとサロンに満ちる。

とりどりの色のボールがくるくると円を描いて宙を舞う。

ぴ～ひょろろ、ぴーひょろろ

ちゃっちゃら　ちゃっちゃら　ちゃんちゃんちゃん

『坊ちゃん嬢ちゃん寄っといで。楽しい楽しいショータイムの始まりだ。ピエロのピエール、ピエールピエロの時間だよ』

カラフルな箱の取っ手を回し歌いながら、背の低い男性が現れた。

顔を白く塗り、目の周り、口の周りに鮮やかな色をのせて、真っ赤でまん丸な鼻をつけたその姿はまさに、ピエロであった。

ソフィの前まで来ると彼は音の出る箱を置き、ポケットから赤いハンカチを取り出した。

「はいお立会いお立会い。ここになんの変哲もないハンカチーフがございます」

「はいございますございます。なんの変哲もないハンカチーフでございます」

手のひらを合わせ目を輝かせて、ソフィは合いの手を入れた。

男はハンカチを自分の拳に被せる。

「ワン」

目玉を右に動かす。

「ツー」

左に動かす。

「ピッエ――――ル！」

彼の帽子の天井部分がパカッと開いてポーンとリボンが飛び出た。

ハンカチを取ったそこから、バサバサバサッと白いハトが飛び出した。

「キャー！」

ソフィ大興奮。パチパチパチパチと一生懸命に拍手した。

身を反らせて胸を張り、恭しく彼はお辞儀する。

「ピエロのピエール、ピエールピエロでございます。どうぞお見知りおきを」

「ソフィ＝オルゾンと申します。素晴らしいものを見せていただきましてありがとうございます」

興奮に頬を染めて、ソフィはピエールに椅子を勧めた。男は短い脚で伸び上がるようにしてそれに腰かけた。

茶と菓子を勧め、ソフィもにこにこしながら腰を下ろす。

「なんて愉快で楽しいのでしょう。子どもたちは大喜びではございませんか？」

「ええ、大喜びでございました。昔は」

ピエールはティーカップを口に運んだ。

軽やかで若々しい動きとは反対に、白く塗られた肌に年輪のようなしわが浮いていることにソフィは気づく。

ハトがサロンを飛んでいる。

「昔は、でございますよお嬢さん」

そうしてピエールは語り出した。


ピエールがピエロになったのは、六歳の頃。

生まれた頃から両親はおらず、ピエールは祖父に育てられた。

この祖父が昔ながらの道化師で、定番の服、化粧、無音の滑稽な動き、ドジな仕草で人々をよく笑わせた。

ピエールは祖父を尊敬していた。祖父と共に街々を回りながら、旅芸人として育った。

「それまでは祖父を手伝いながら、祖父の姿をただただ面白い、面白いと思って見ておりました。あんなに愉快で楽しそうなのだ。やる側になったらきっともっと愉快で楽しいに違いないと」

「はい」

ピエールはティーカップを置いた。笑顔の化粧をした男の目は、笑わずにソフィを見ている。

「やる側になってみればまあ、すさまじく怖かったですよ。人の目が。派手な格好で滑稽なことをして、自分の声で、動きで、誰も笑わなかったら、空気が凍ったらどうしようと心臓が氷のように冷え切りました。汗が全部引っ込んで、手がブルブルと震えました。そして改めて思った。祖父のなんてすごいことかと」

それでも、恥ずかしがり屋のピエール少年は頑張った。

老練な技を見せる年寄りピエロと、いたいけな子どもピエロの組み合わせは思ったよりも受けがよく、行く先々で明るい笑い声が彼らを包んだ。

街々を巡り芸を見せ、人を笑わせ金をもらう。

明るくて楽しくて、にぎやかでカラフルな、おとぎ話のような旅だった。

『顔を白く塗る。人間の感情を顔に出さないように』

鏡の前で祖父に教わりながら化粧をした。

『目に縦線を。ピエロは盲目だから。ピエロにとってお客様は皆善人』

鏡の中のピエールが、だんだんピエロになっていく。

『唇は赤く、大きく大きく笑わせろ。楽しいピエロはいつだって笑ってる。目の下に涙があるのは悲しい人の涙を吸い取ったから。これはピエロの涙じゃない。お客さんの悲しみだ。ピエロは泣かない。人の悲しみを吸い取って、自分はいつだって楽しく笑ってる』


そんなある冬のこと。

「祖父が病気になりました」

ちょっとした風邪だと思ったそれは、元気だった祖父を床に縛り付けた。

日に日に痩せていく祖父に食事を運びながら、ピエールは一人で街角に立ち続けた。食事がいる。薬がいる。ピエールにはお金がいるのだ。愉快で滑稽な化粧をし、人に笑われるのが彼の仕事だった。

いつもと同じはずのその芸を、街の人々は笑わなかった。

滑稽なはずのピエロから滲《にじ》み出る人間臭い必死さが、彼の芸から笑える空気を消していた。

化粧を涙でぐちゃぐちゃにして帰ってきた孫を、祖父は叱った。

『ピエロが泣くな馬鹿野郎！　笑え！　心から笑え！　おれの芸は世界一面白れぇなあと思ってやんなきゃ、見てる客が笑えるわけねえだろう！』

「そんなこと言ったって子どものことだ。毎日毎日心の中で泣きながら、必死で芸をやりました。祖父とやっていたときの半分の半分も売り上げがありませんでしたよ。でも他にできることなんて何もないんだから、やり続けました。でもずっと同じ街の中にいるんだ。どうしたって飽きられる。日に日に見てくれる人が減って、稼げる金も減って。心の中で泣いて泣いて泣きながら、笑った化粧でやり続けました」

そうして祖父が、息を引き取った。

空っぽの床を空っぽになって見ているとき。

「おや、と思いました」

悲しいはずなのに。なんだか愉快な心持ちがする。

なんだか笑えるような気がする。

「きっと祖父が、私の横で芸をしているんだと思いました。見えないけれど」

すぐそこで祖父が、あの面白い動きをしていると考えるだけでなんだかおかしい。

なんだか笑える。

衣装を着て、化粧をして、ピエールは笑って街に飛び出した。

『……坊ちゃん嬢ちゃん寄っといで』

赤い唇から自然に歌が零れた。

昨日まで灰色に見えていた世界が今日はカラフルに見える。

『楽しい楽しいショータイムの始まりだ』

なんだなんだ、と街行く人々がピエールを振り返る。

『ピエロのピエール、ピエールピエロの時間だよ！』


ピエールは人気者になった。

行く街行く街で笑い声に包まれた。

祖父はやらなかったボール回しや手品、歌を考え、次々にやってみた。斬新な芸に目を丸くして人々はそれを見る。ピエールはますます人気者になった。

音楽の流れるカラフルな箱と祖父の骨を持ち、ピエールは国中を回る。歌と音楽を響かせて、いろんな街の人たちをいつも笑顔にする。ピエールピエロはどこへ行っても笑い声の中、いつもみんなの人気者だった。

「ええ、昔はでございます」

芸には、流行というものがある。

簡単に言ってしまえば時代遅れになったのだ。ピエロのピエールは。

「今街では魔力持ちの若い芸人の、風で玻璃《はり》の板を割って散らしたり、薄布をさーっと巻き上げて魚のように走らせる芸が流行っております。派手で新しく、見栄えが良くて、若者に受ける」

ピエールは遠い目をした。

「私だって流行にのったから食ってこられたんだ。文句を言う筋合いはございません。まあまあ贅《ぜい》沢《たく》も知らないおかげで今後食っていけるくらいの金はあるし、もうそろそろ引退しようと思って化粧をさっぱり落とそうとしたんです。若い頃はいちいち取ってましたがだんだん面倒になって、ザバザバ水で洗って、毎日上に重ねていたもので。ところが」

洗っても洗っても、顔にのせた色が染み込んでいて、落ちなかったのだという。

「まさか……」

「まさかまさかでございます。化粧屋に行っていろいろ試しましたよ。何を試しても落ちないんだこれが。肌に、色が、ピエロの形に染み込んでいたのです」

ソフィは声を失った。

あるのだろうか、そんなことが。

「仕方がないとピエロのまま過ごしておりましたが、酒屋でこちらの広告を拝見しまして。ピエロなど嫌なものです。どこに行っても『きっと面白いことをするのだろう』と期待される。人にそう思われているのがわかるから、ついつい期待に応えようと滑稽なことをしてしまう。やめればいいのに」

突然ピエールがパッと飛び上がってハトを捕まえた。暴れるハトを優しく撫で、箱の中に入れる。そうしながらも指の中からボールを出して一つを二つ、二つを四つに増やしていく。

「もう私は人間に戻りたい。ピエロでない普通の顔で、悲しいときには笑わずに泣きたい。もうただのピエールになりたいのです」

「……わかりました。お顔をこちらに向けてください」

じっとソフィは目を閉じたピエールの肌を見た。

確かに、毛穴が見える。おしろいののっていない地の肌だ。それなのに彼の顔は白く、赤く、青い。目の下の涙のマークが印象的だった。

普通に考えれば、ただの色素沈着だろう。

だが、とソフィは思う。

きっとピエールピエロは、ずっと泣いていたのだ。

緊張したとき、祖父を亡くしたとき、人気者になったときでさえ、ピエールピエロは笑って人に笑われながら、ずっと泣いていた。

彼の流した涙で落ちないように、あってはならないピエロの涙が人にはわからないように、これらは彼の顔に染み付いたのではないだろうか。

まさか、と首を振りながら、ソフィはピエールの顔に手をかざす。

『いたいのいたいのとんでいけ』

本当は泣きたかったピエール君が、泣きたいときに思いのままに泣けますように。

『とおくのおやまにとんでいけ』

ピエロの化粧から解き放たれ一人の人間に戻って、ゆっくりとこれからを考えられますように。

光のおさまったそこに当たり前の、小男の、きょとんとしたおじいさんが現れた。

鏡を手渡すとピエールはそれを顔に近づけて覗き込み、頰を撫でた。

「私は……」

頰を涙が伝った。鏡がぶるぶると震えている。

「私は祖父に、似ていたんですねえ……」

じいちゃん、じいちゃんとピエールは手鏡を抱きしめた。

見ててくれたかじいちゃん
褒めておくれよじいちゃん
おれはちゃんといつでも笑ったぞ

笑ってみんなに笑ってもらったぞ、と。

ピエールが腕を動かすたびに背中から出るシャボン玉が、ぽこん、ぽこんとサロンを漂っている。


「お恥ずかしいところをお見せしました」

「いいえ。本日はとっても楽しかったです」

「時代遅れのピエロですよ」

「わたくしは初めて拝見いたしました」

そっとソフィは自らの頬を撫でた。

「あまり、にぎやかな場所には行かれないものですから」

「ああ……」

目の前の男が悲しそうに眉を下げる。

なぐさめようとしているのだろう。手をソフィに伸ばしかけ、止めて、わきわきと動かして、彼はさっとハンカチを出す。

中からステッキが出てくる。

それをくるくる回すと色が変わり、傘になって開いた瞬間に紙吹雪が舞った。

うふふ、とソフィは笑った。パッとピエールの顔が明るくなる。

「はいお立会い、お立会い」

ぱんぱんと手を叩きながら帽子を取ってクルクル回す。

開いた傘を回し、その上に帽子を投げる。

とととととと……と帽子が傘の上で転がった。

「はい、ピッェエ――ル！」

「いつもより多いやつだわ！」

ピエールには伝わらないだろうリアクションをして、ソフィは笑いながら拍手をした。ソフィの大笑いをピエールは目を輝かせて見ている。

ああ、とソフィは思う。この人は、人の笑顔が大好きなのだ。

「……ピエール様」

「はい？」

「ピエロのお客様は、にぎやかな道を歩く人たちばかりではないのではないでしょうか」

「……ほう？」

ソフィは考える。

「例えば病院、それに孤児院。お年を召した方がいらっしゃる場所。日常の中で『楽しさ』や『にぎやかさ』を当たり前に得られない人は、広い道から離れた場所にも、きっとたくさんいらっしゃると思うのです」

ピエールはピエロが好きだ。

だってずっとやってきたのだから。六歳から、五四年間、毎日。

化粧が顔に染み込むまでずっと。手を替え品を替え、それでも姿と化粧だけは祖父に教えられたものを守って。

それが時代遅れと知りながら。それでもそれだけは変えないで。

「初めてピエロを見る子どもたちは、すごいと目を輝かすでしょう。ご老人ならピエロを見れば思い出すでしょう。自分が子どもだった頃の素敵な思い出、自分の子どもと一緒に見た楽しい思い出。

懐かしくて幸せな記憶が、ピエロにはくっついているはずですわ。だってピエロは明るくて、いつもお祭りの中だもの。いつだって笑って、楽しいことを運んできてくれるもの」

あの子たちが見たらどんな顔をするかしら、とソフィは想像した。

きっと揃いの水色の瞳を見開き、可愛い口をぽかんと開けるに違いない。

「もうピエール様はピエロではないけれど、お化粧をすればいつでもピエロに戻れます。お金に困っていらっしゃらないというならば、今までのように商売としてではなく、そういう場所で、ご自身の楽しみとしてなさったらいかがでしょう。きっと今まで以上に余裕のある、楽しいピエロになるわ。子どもたちが、大人たちがきっと目を輝かせて、にこにこ笑ってピエロを見るわ。みんなが嬉しくて楽しくて元気になるわ。涙を吸い取ってもらって笑顔になるわ。今日のわたくしみたいに」

ピエールは考え、ムズムズと手を動かした。

肩に手をやる。

「ピッエール！」

ばさばさと白いハトが現れた。

箱をステッキで叩く。先ほど入れたもう一羽のハトが出てきて、反対側の肩にとまる。

ステッキをくるりと回し、帽子をきゅっと被り直す。

「面白い助言をありがとう。考えておきましょうお嬢さん。本日はどうもありがとう」

「こちらこそ」

ぴ〜ひょろろ、ぴーひょろろ
ちゃっちゃら　ちゃっちゃら　ちゃんちゃんちゃんちゃん
にぎやかな音の余韻とシャボン玉を残し、ピエロだった男は消えた。

やがてシャボン玉も消え、床に落ちた白いハトの羽と花吹雪だけが、にぎやかで少し寂しい祭りのあとの空気を残していた。

癒師クルト＝オズホーン

「ソフィ様」

それはもう就寝前、本を読んでいる時間だった。

初冬の空気は冷たく、しんと清浄に澄んでいる。

「クルト＝オズホーン師がお見えです」


「どうなさったのです、このような時間に」

「夜分に申し訳ありません。本日は本をお返しするのと、これを預かっていただけないかとお願いに参りました」

「これ、とは？」

すでに暖炉の火を落としているので、互いの息が白い。

揺れるランプと燭台《しょくだい》の灯《あか》りの中、マントに付いた身分証の金属プレートをオズホーンがパチ、と折った。ソフィは目を見開く。

「意外と力持ちですのね！」

「真ん中の金具が外れる仕組みになっているのです。身分証を兼ねた認識票、いわゆるドッグタグです」

「……戦地に向かう兵士が身に着けるものですわ」

認識票《ドッグタグ》。

たとえ遺体が原形を留《とど》めないほど損壊しても個人の判別ができるように、多くの兵士が戦場に赴く際身に着ける金属のプレートだ。ソフィは呆然とオズホーンを見つめた。

そこにはいつも通りの、整った無表情。

「はい。東の村にドラゴンが出没したということで、召集がかかりました。癒師班の現地責任者として後方支援を行います」

「……」

「たとえ私が死んでも認識票の片割れを持つ人に、補償金が支払われます。私は三級癒師ですので割と高額です。普段は両親の墓にかけていくのですが墓は王都ですし、なんだか今回は皆がするように誰かに預けるということをしたくなりました」

「……どうしてわたくしなのですか」

「理由の一つとして、知人があなたしかいないからです」

「悪いこと聞いちゃったわ」

オズホーンがプレートをソフィに差し出した。

震える手でソフィはそれを受け取った。夜の冷気に当てられ、それはひんやりと冷たい。その冷たさがひどく不穏な気がして、ぎゅっと握る。

「……帰ってきてくださる？」

「努力します」

簡潔にそう言ってオズホーンは去ろうとする。

「お待ちください」

ソフィは本棚の横の棚の引き出しを開けた。

「これを」

「これは……」

オズホーンが手の上のものをじっと見た。白いハンカチに、ぽちんと。

「亀ですね」

「はい、亀です」

「これは斬新な」

普通ならきれいな花などが刺繍されるだろう場所に、首をひょっこりと出した緑色の亀がいる。

「長寿と、固い護《まも》りのお守りです。間に合ってよかった。決して、生き急ぎそうなお方にもっとのんびりされてもよろしいのですよという深い意味は込めておりませんのでどうか深読みなさらないでね」

「わかりましたありがとうございます。なくさないようにします。ところでソフィ嬢、好きな男性のタイプは」

「長生きするひとです」

「手厳しい」

オズホーンがハンカチを丁寧に畳みポケットにしまう。

「今日は本はよろしいの？」

「高価な医学書は、お返しできないと困りますので。『トロール街道ヒザクルネ』だけまだお借りしていてもよろしいでしょうか」

いくら読んでも先に進めないのでいくらでも時間がつぶせるのだという。

「……帰ってきてくださいね」

「努力します」

やはり簡潔にオズホーンは答えた。

そしてソフィを見てふっと笑う。

「そんな顔をしていただけるとは思わなかった。あまりご心配なさらないでください。癒師は後方支援ですので岩でも飛んでこない限りそうは死にません。『この戦争が終わったら俺結婚するんだ』というつもりで頑張ります」

「それダメなやつだわ！」

「上司がそう言えば縁起がいいと」

「あなたその方に嫌われていらっしゃらない？」

「わかりません。ただ一度『こんな傷を治すのにそんなに時間がかかるのか』と言ったことはあります」

「絶対に嫌われてるわ！」

「戻りましたら取りに参ります。なくしたり浸出液をつけたりしないでください」

「失礼だわ！」

フンスと怒るソフィの顔を、面白そうにオズホーンが見つめる。

「思ったよりも気分がいいものですね」

「何がですの」

「心配されること、『帰ってきてほしい』と言われることが。私は両親が死んでから、誰かにそうしていただくのは初めてです」

「……」

オズホーンは普段通り、ソフィをまっすぐに見る。

「帰れるよう努力します。認識票の預け先は事前に国に登録いたしますので、私に何かあればあなたに文が届くでしょう。ご面倒ですがその際はお受け取りをお願いします」

「わかりました。文よりも、元気なお帰りをお待ちしております」

「はい、努力します。ところでソフィ嬢」

「婚約者はおりません」

「そうですかそれはよかった。笑っていただけませんか」

「?」

「私はあなたの泣き顔ばかり見ています。笑った顔を思い出したい」

やはりまっすぐに彼はソフィを見つめた。

泣きそうになった。でも、笑った。きっと変な顔だったに違いない。

ふっとオズホーンも笑った。

「覚えました。では、夜分に失礼いたしました。夜明け前に街を発《た》ちます」

「……いってらっしゃい。お帰りを、お待ちしております」

そうしてオズホーンは去っていった。


手の中の冷たいプレートは握りしめるソフィの熱で温かくなり、すでにちょこっと変な汁と、彼を見送ってから落ちた涙がついていた。

門番クロロ・ロム・ムクロ

『はげをなおしたい（クロロ・ロム・ムクロ（五八歳）・男・門番）』

「不安だわ……」

今日もソフィはテーブルクロスを撫でている。

が、その手にいつもの元気はない。

はげ。

はげだ。

オルゾン家にはあいにくハゲはおらず（シルバーは今長期の船旅に出ている）、はたしてソフィの力がハゲを治せるのか確かめようがなかった。

きっと禿《は》げ上がるほど期待して訪れるだろう客人をがっかりさせることにならないか、ソフィは不安で仕方がない。

りん、り、りん

「どうぞ」

クレアのわずかに揺れるベルの音に続きのっそりと現れた巨体を見て、

「ヒョー！」

ソフィは叫んだ。

黒々と光る立派な毛並みを持つ大きなヒョウが、そこに立っていた。

「亜人《あじん》、と書くべきところ、書けば断られるかと思い伏せました。騙《だま》し討ちのような真似《まね》をし申し訳ないことです」

亜人とは、魔族と人間の両方の血を受け継ぐ種族だ。人語を解しながらも足が速かったり、力が強かったりという人にはない特性、外見を持っている。

魔族と人間は、現在共存も敵対もしていない。互いの国境をどちらかが無断で侵さない限り争わないという、古くからの約束があるそうだ。取り決めの中にはその混血である亜人を厚く遇するという約定があるものの、国によっては差別の対象になっていたり、奴隷として売り買いされていたりと、その実情はさまざまだ。

この国は亜人に対する差別を禁じている。先々代の国王のときはひどかったという差別は、今はもう昔のものとなりつつある。表面上は。

「こちらこそ、はしたない声を上げ申し訳ございません。クロロ・ロムム……」

かんだ。

ふふっと黒ヒョウはかっこよく笑う。左目を縦に切ったような傷痕が渋い。

座る前、彼はポケットから取り出したハンカチを椅子に広げた。実に紳士的な方である。

「我々の名前は呼びづらいでしょう。お嬢さんさえよろしければ、どうぞ『クロ』とお呼びください」

「呼びやすいわ！　では失礼いたしましてクロ様、生肉はお好きですか」

「大好物です」

「クレア！　生肉をお持ちして！　お父様の夕飯用のものを」

りんりんりんりん

「さて、本日は――」

はげ、と文にはあったが、クロのきれいな毛並みはどこもはげているようには見えない。しなやかに光る、短めのモッフモフである。

わきゅわきゅ動きそうになる指を、ソフィはなんとかしていさめた。

クロのいかつい腕が動き、自らのシャツをまくり上げる。

「キャッ」

一応お約束のあれをやってからソフィは顔から手を外して、まじまじとそこを見る。クロの黒々とした腹、胸の下あたりに、直径三センチメートルほどの、はげがあった。

「どうなさいましたの？」

「……これは」

そうしてクロは語り出した。


クロはかつて冒険家だった。

一三で仲間と一緒に閉鎖的な村を飛び出し、若さと勢いに任せて旅をした。

今から思えばありえないような無茶を繰り返し、運だけはあったようでメンバーの誰も欠けることなく中堅クラスのパーティに育った。

「まあ素敵！　なんというお名前のパーティでしたの？」

クロが下を向いてボソボソ言った。

「はい？」

「血塗《ブラッディ》られし黒金剛石《ブラックダイヤモンズ》」

「……あー……」

結成時一三歳だったのだ。仕方のないことだ。

恥ずかしそうにクロのしっぽがふんにゃりと垂れた。

「お気になさらないで。皆が通る道ですわ」

よしよし、とソフィはクロを励ました。

厨二病。まことおそろしき狂気《マッドネスタイム》のときである。

「後半はもう『ブラブラ』で通しておりました。実際ブラブラしておりましたからな」

別に何か目的があっての旅ではない。ただ食うためになんとなく始め、なんとなく続けられたので続けてしまっただけだ。

三五歳のときに立ち寄った街で、クロは運命的な出会いをする。当時三〇歳だった妻だ。

「雷に打たれたようでした」

ナンパした。振られた。告白した。振られた。花を持っていった。振られた。宝石を持っていった。振られた。

押して押して押しまくり、ついに首を縦に振ってもらえたとき、このまま死んでもよいとすら思った。

「恋とは……」

「はい？」

「恋とはそんなに突然に、激しく訪れるものなのでしょうか」

ソフィを見るクロの黄金色の目が、ふっと娘を見るようにやわらかくなった。

「人によって、いろいろな形がありましょう。私には激しかった。一目で、この人しかいないと胸が迷わず叫びました」

パーティを抜けたい旨を仲間に伝えれば、昔からの仲間たちは笑いながら許してくれた。

神速の前衛として名を馳《は》せた頃もあったがすでにその速さが衰えていることを、皆も、自分自身もわかっていた。

危険な冒険を純粋な心で楽しめる若き日々は、もう過ぎたのだ。クロは自らの老いを受け入れ、一つ所に落ち着く安寧を選んだ。

クロ三八歳、妻三三歳。

妻が出産した。そして死んだ。

「二人目の子どもが産道に詰まり、ついぞ出てきませんでした。妻は苦しみ、苦しみ抜いて死にました。あとから子どもは三つ子だったとわかりました。へその緒が首に引っかかり、ねじれ、出てこられなかったそうです」

少し涙声になった。

この方はまだ奥様を愛しておられるのだわ、とソフィは思った。

奥様は、どんなに無念だっただろうと思う。出産が命がけなのは、どこの世界でも同じなのだ。

「父親になった実感もないまま、小さな小さな子が一人、このいかつい腕の中に。妻の死を悼む暇もありませんでした」

幸い近所でもらい乳をさせてもらえたが、これから何年も、子どもの世話を一人でしなくてはならない。当時はギルドで力仕事や用心棒の仕事を受けて生計を立てていたが、数日間家を空けたりするそれでは子どものそばにいられない。

必死で駆けずり回って仕事を探し、今の門番の仕事にありつけた。

「朝から夕方まで、ただただ門の脇に立っている仕事でございます。夕方になれば門が閉まりますので、夕飯までには必ず家に帰れた。亜人に公の職を与えるお上の策があったときだったようで、運がよかった」

昼の間は近所の家の人が面倒を見てくれる。毎日少しばかりの謝礼を払い、礼を言って、クロは娘と一緒に家に帰った。

「ミイ、ミイとよく泣く子だったので、ミイナと名付けました。ミイナは眠くなると私のここを」

とん、とはげのあるところを押さえる。

「ちゅうちゅうと、乳など出ぬのに吸うのです。ミイ、ミイと泣きながら、腕でふにふにと私を押して。ミイ、泣くな泣くなと言いながらそのままにさせておりました。小さくて、一生懸命で。可愛くて、愛《いと》しかった」

ミイ、ミイや。泣くな泣くな。

おれを吸っても乳など出んぞ。ミイ、泣くな。

なされるがままに吸わせていたらいつの間にか毛がはげ、新しい毛が生えてこなくなったのだという。

いとおしげに、クロは毛のないそこをさすった。

小さな娘がくっついているような心持ちになるのだろう。優しい顔をしていた。

「……小さいうちはそれでよかった。だが一三くらいの頃から、ミイナは荒れました。せっかくの美しい黒い毛を妙な色に染め、母親似の形のよい耳に穴をあけ、おかしな飾りをつけ出した。良くない仲間とつるみ、朝になっても家に帰らないことがありました。注意をしても返事もしない。何

度怒鳴りつけようかと思ったことでしょう。だが」

言葉を切り、クロは金色の目でソフィを見た。

「お嬢さんは亜人を見るのは初めてですか」

「はい。引きこもって暮らしており、恥ずかしいことでございます」

アニーはノーカンでいいだろう。

「亜人は、恐れられています。魔族の血を忌み嫌うのは、きっと人の本性なのでしょう。人より何倍も強い力を持ち、異質な風貌を持ったものが人語を解し、人の世界に交ざって暮らすことを嫌う人間は多いのです。今となってはほとんど見かけませんが、私の若い頃は爪痕に大きなバツを書いた看板がどこの店先にも下がっておりました。猫除け《ローズ・マリー》、『亜人お断り』の看板です。立ち寄った街でどの店にもどの宿にも入れずに、地べたで寝ることなど、当たり前だったのですよ」

寒い冬、暑い夏。寒さに凍えながら、虫にたかられながら地べたで仲間たちと眠った。

『やだわ、汚い』

道行く人のそんな言葉に、凍えながらぐっと牙を噛みしめた。

「私の中にも、人という種族に対する怒りがないかと言えば嘘になる。しかし同時に人にもよいものが、亜人にも悪いものがいることもわかっております。それでも消しきれず残る、言葉では言い表しがたいこのもやもやとした気持ちは、代を経なければ薄まらない感情だと理解しております」

すっ、とまたクロの手がはげを撫でた。

高ぶった気持ちを抑えるように、ふうと息を吐く。

「亜人は、怒ってはならないのです。怒って爪を出し腕を一振りすれば、普通の人間など真っ二つに引き裂くことができる。だからこそ絶対に怒ってはならない。人の世界で生きていきたいのならば」

門番の仕事は退屈だ。ただ同じ時間に突っ立って、怪しげなものがいれば合図を出し、近くの小屋にいる人間の役人を呼ぶ。

尋問も捕縛もクロの仕事ではない。それは人間様の仕事だからだ。

最後の手段、抑止力として、毎日そこにただ突っ立っているのが仕事である。

『今日も暇だな、相棒』

門の端に、小さな石の騎士の像がある。

雨風にさらされて兜《かぶと》の形が削られ、猫科の亜人の耳のようになっているので、クロは勝手にそう呼んでいた。

さらさらと音を立てる葉を茂らせる老木は、最初から老木だった。

サラ婆さんと名前を付けて、暇なときはその音に歌をのせて頭の中で歌っていた。

『やだ、亜人だわ』

鋼鉄の鎧《よろい》と兜を被っているので、近づかないとそうとはわからないのだろう。悲鳴を上げて飛びのく老婦人もいた。あからさまに眉をひそめる者や、唾を吐く者もいた。

クロは怒らない。怒りそうになるときは鎧の上からそっと、はげのある腹を撫でた。

ミイ、ミイよ。

父ちゃんは今日も頑張っているぞ。

いい子で帰りを待っているんだぞ。

今日は泣くんじゃないぞ。

「仕事中、私は口を開いたり、笑ったりしません。人が畏怖する鋭い牙が見えてしまうからです。怒るまい、怒るまいと毎日そうしていたら、私はいつの間にか怒り方を忘れてしまったのです」

ある日の朝、また娘が朝帰りをした。

今日こそは怒ろうと近づいた敏感なクロの鼻が、娘の体から香る甘ったるいにおいを捉えた。

『あれえ、とおちゃんだあ』

呂律《ろれつ》の回らない、舌っ足らずな声を娘が出した。口の端からよだれを流し、えへら、えへら、と締まりのない顔で笑っている。

誰だ。この女は。

ミイは。

妻が命を懸けて生み、ちゅうちゅうふにふにと俺を吸った、あの可愛いミイはどこに行った。

『もんばんさぁん、門にいかなくていいの？　街に悪い人が入っちゃうぞお？』

何がおかしいのか、たがの外れた甲高い声で目の前の女は笑った。

頭に血が上った。

クロの太い腕が上がり、娘を張り倒す。娘のしなやかな体が吹き飛び、壁にぶち当たった。

妻に似た娘を、可愛い、可愛いと育てた。手を上げたことなど一度もなかった。

それが間違いだったと、今、思い知った。

倒れた娘の頭をつかみ、水がめに押し付ける。

『がほっ』

しこたま飲んだ水をげえげえと吐く娘を見下ろした。

甘ったるい、すえたにおいが家にこもった。

『ミイナお前、薬をやったな』

水を吐き終えいくらか焦点が合い始めた娘の瞳が、クロを見て恐怖に染まった。

ぴし、ぴし、と、ミイナが生まれてから人前では一度も出したことのない爪が鋭く伸びていく。

『誰に誘われた。あの肉屋のバカ息子だろう？　路上でよく煙草をふかしてウンコ座りしてる変な毛色の穴だらけのお友達はまだ遊んでいる最中か？　ちょっと父ちゃんが、グレてもやっちゃいけないことがあるっていうことを教えてきてやる。お前はそのあとだ。家から出るなよ』

そう言って家を出ようとしたクロの足に、娘がむしゃぶりついた。

『離せ』

『ごめんなさい！』

『離せ』

『行かないで！』

ブンと振った足から娘がすっぽ抜ける。

ダンとまた壁に当たった音がした。クロは振り向かない。

『父ちゃん！』

娘の掠《かす》れた声が響いた。

『父ちゃん行かないで！　お願い！　ミイナのせいで人殺しにならないで！』

ピタ、と足が止まった。

『ミイナを一人にしないで！　寂しいよ！　父ちゃんがいないと、ミイナ寂しいよ！　おうちに一人はいやだよう！』

ぐすっ、ぐすっとすすり泣いた。

ふにふにと押すやわらかな感触が、腹を走った。

ミイ、ミイや。泣くな泣くな。

娘は寂しがり屋だった。

仕事が終わり迎えに行くのを、預けられた家の扉の前でお絵描きをして待っていた。

抱っこをねだり、肩車をねだり、いつも体のどこかをクロにくっつけて、おしゃまな口ぶりでずっと何かをしゃべっていた。

しゃべらなくなったのはいつからだろう。

甘えなくなったのはいつからだっただろう。

素直に心を見せられなくなったのはいつからだろう。

若い頃に無茶をし、歳を重ね弱った体に、炎天下で重い甲冑《かっちゅう》を纏い同じ姿勢を一日保ち続ける門番の仕事は、徐々にきつくなっていた。

無言で飯を食べ、そのまま寝てしまう日も多かった。寝ている父親を見て一人、娘は何を思っただろう。

母親のいない娘は、きっと寂しかっただろう。誰かに甘えたかったのだろう。言いたいのに言えず、ひねくれて、子どものあさはかさで、同じような気持ちを持つ孤独な子どもたちと群れた。

しゅるしゅる、と爪が引っ込んだ。

扉を閉めた。

床にぺたんと座り込んでいる娘を抱き上げた。

『強くぶって悪かった』

ううん、と首を振り娘はクロにしがみついた。

『もうしない。もう絶対しない。怒ってくれてありがとう。あたし本当はもう、あの仲間たちが怖かった』

ごめんね、ごめんねと謝りながら、やがて娘は、声を上げて泣いた。

「ミイナはその日を境に連中と手を切り、憑《つ》き物が落ちたように真面目な娘になりました。一生懸命に勉強し、なんとギルドの受付の試験に受かって、今や立派な社会人です」

ギルドの受付に亜人の席があるなんて、いい時代になったものです、と続けた。

反抗期の娘と父親の微笑ましいエピソードとするにはあまりに壮絶なその話の内容に、ソフィは新しい世界の扉を開けたような心持ちで聞き入っていた。

亜人は亜人同士、亜人のコミュニティを作って暮らしていると聞く。

『決して立ち入らないように』と学園で教えられたいくつかの貧民街のうち、たしか半分以上が亜人の街だったと記憶している。

窓は割れ、ごみが散乱し、薬や酒に溺れた者たちが路上を当たり前のようにウロウロしている恐ろしい場所だと教えられた。

一度汚れてしまったものを、きれいにするのは難しい。

一度染まったものを白に戻すことは難しい。

鉄拳制裁が正しかったとは言いたくない。だが今まさに底なしの悪い色に染まらんとする娘を引き戻したのは、父のその真面目な心と、初めて振るわれた力強い拳だった。

「……お話をお聞かせいただきありがとうございましたクロ様。ただ……」

それはとても大切なはげではないだろうか。

聞こうとしたソフィに、ふふんと髭《ひげ》を動かし、クロが胸を反らせた。

「そして今度娘が結婚することになりましてな」

「まあ！」

お相手は亜人の冒険者だという。

受付にいる可愛い子に惚《ほ》れて惚れて惚れ尽くして、何度も通いつめ愛を囁《ささや》き、どうにかこうにか口説き落としての付き合いだという。

「お母様の血ですわね」

「うむ、なかなか見上げた男なので許してやりました。今度結婚式がありましてな、私は伝統に則《のっと》った民族衣装を着ていくつもりなのですが、これがまあほとんど体がむき出しになるもので」

クロの種族はその毛皮の美しさを誇る種族である。それを充分に見せるため、股間以外ほぼむき出しというのだから、なかなかのものである。

「以前娘がこれをさすって『ごめんね』と言っておりましたから、治して当日に見せて娘を驚かせようと思いましてな」

「……」

「さあソフィ殿、語りましたぞ。よろしくお願いします」

「……」

動かないソフィにクロが怪訝《けげん》な顔をした。

「……亜人にかけるマナは無駄でございますかな」

「血塗られし《ブラッディ》黒金剛石《ブラックダイヤモォォンズ》!!!」

パーンとソフィの手のひらがテーブルを叩いた。なくなった生肉の残り汁がぴちょんと跳ねる。

突然テーブルを叩き大声を出したソフィに、クロが耳と尻尾をピーンと上げた。

「どうなさった」

「クロ様、殿方のサプライズで女性に喜ばれるのは、高齢になってからのピンピンコロリだけですのよ」

「ぴんぴんころり」

　はて、と首をかしげる。

　ソフィは怒っていた。

　とても怒っていた。娘心のわからぬ目の前の朴念仁にだ。

「どうして事前に相談もなくいきなり勝手に消そうとするのです。これは傷ではありません、クロ様とお嬢様の記憶です。思い出です。宝です。あなた様が娘さんを大切に愛した記録です。これはあなた様一人だけのものではございませんわ！」

　クロはポッカーンと口を開け、目を見開いている。

　きれいな牙だわとソフィは思った。

「帰ってお嬢様とお話をなさってください。お嬢様が『消してもいい』とおっしゃったらまたいらしてください。これを消すのは、人の日記や思い出の品を焼き捨てるようなものです。わたくし勝手な思い出つぶしの片棒は担げませんわ」

「休みがもうないんだ……月に二回だから」

「ではわたくしがお伺いしますわ」

　言いながら手を伸ばしそっとクロの腹を撫でた。

　モフッとする。

　モフモフッとする。

　役得である。

「お嬢様の結婚でウエディングハイになるお気持ちもわかりますが、どうぞもう一度よくお考えになってください。もうここに、同じはげができることは一生ないのですよ」

じーっとクロは考えている。

このわからずや！　とソフィはぷんすかする。

「クロ様、これは勲章です。小さな娘さんを素敵な花嫁さんまで育て上げたお父様への、娘さんからの勲章です。どうか本日はお引き取りください。お返事はわたくし門に出向きますから、その際にお聞かせください。お嬢様とお話しになって、クロ様のお気持ちが変わらなければその場で治療を試みます」

クロがほっとした顔をした。

「ありがとう」

「南の門ですか？　北の門ですか？」

「北です」

「承知しました。お差支えなければ、三日後の正午にお伺いいたします」

頷いたクロの耳が、ぴこ、と動いた。ふふっとソフィは笑う。

「お耳は垂れていらっしゃるのですね。とても可愛らしいですわ」

ああ、とクロは頭に手をやった。

「昔はピンとしてたんだが毎日兜をかぶるから曲がってしまった」

「耳のところに穴をあければよろしいのに」

「亜人のために支給品に手などかけられないさ」

クロは立ち上がり、椅子にかけていたハンカチを畳んだ。

紳士的なしぐさだと思ったそれは、亜人が椅子に直接座ることを嫌がる人への配慮だったのだと今更に気づいた。

「では、また三日後に」

「はい、ご面倒ですが持ち場に突っ立っておりますので、話しかけに来ていただけますか」

「承知いたしました。お昼休憩はありませんの？」

「門番が門を離れるわけにはまいりませんからな。休憩などございませんよ」

そう言って笑うクロの顔の部分だけ、日に焼かれてだろうほかの場所よりも色が薄く、傷んでいることに気がついた。

お休みは月二回、休憩はなし。

暑い日も、寒い日も。風の日も雪の日も。相棒とサラ婆とともに、彼はじっと門の脇に立ち続けた。

自らに怒ること、笑うことを封じ、自由な冒険者から娘を守るための番人になった男。

遠ざかっていく大きな背中を見つめながら、そっと彼と娘さんの幸せを願った。

「あら？」

ザワザワザワ

三日後、ソフィはマーサをお供に北門に向かった。

『一人で大丈夫なのに……』

と言っても、マーサは聞き入れてくれなかった。

到着してみれば妙に人が多い。皆口々に何かを言い合い、興奮した面持ちをしている。

「何かしら」

「聞いてまいります」

サッとマーサが駆け出し若者を捕まえた。フムフムと話を聞き、戻ってきたマーサが語るには。

北門に一般的な商人の馬車が現れた。

必要な書類もしっかり準備しており怪しげなところは何もなかったが、確認を終え門を通ろうとする馬車に、普段銅像のように動かない門番が動き、叫んだ。

『門を閉じよ火薬のにおいがする！　皆出会え！』

馬を操る者がちっと舌打ちし、指笛を吹いた。荷車から数人の男たちが飛び出す。手にはそれぞれ黒いもの……火のついた爆弾を持っている。

数個が投げられ門に、近くの地面に落ちた。いくつかが爆発した。すさまじい音が響き爆風が吹き、地面がえぐられた。黒煙がもうもうと上がり砂埃《すなぼこり》が舞う。慌てふためき腰を抜かした役人たちがすがりつく閉じかけた門に向かって、男たちの手からそれらが一斉に投げられんとした、そのとき。

一陣の、黒い風が吹いたのだという。

カランカラン、と転がるのは門番が身に着けていたはずの甲冑と兜。

黒い嵐のようなものが、目にも留まらぬ速さで爆発の煙の中を駆けていった。

やがて土煙と悲鳴が収まったその場所に、立っていたのはただ一人、見事な黒色の毛皮の亜人。

『我こそは血塗られし《ブラッディ》黒金剛石《ブラックダイヤモンズ》が前衛、神速の《カンムル》黒嵐《ブラックストリーム》、クロロ・ロム・ムクロなり！』

太く迫力のある声が朗々と響く。

『まだやれるものがあるならかかってこい！　この牙にかけて、この命にかけて、我が街に無法者は入れさせん！』

ガオオーと惚れ惚れするような声で吠《ほ》えたのだという。

「クロさん途中から楽しくなっちゃってるじゃない！」

「領主の方針に反感を持つ過激派グループの一味だったそうです。犯人は皆傷もなく気絶しているだけで、一人の怪我人もなかったそうでございます。門番の鑑《かがみ》、勲章ものの行動と皆好意的に受け止めているようですよ」

「それならよかった」

ほうっとソフィは息を吐いた。

主役はどこにいるのかしらと歩きながらあたりを見回すと、門と小屋の陰に動く黒いものが見えた。そっと近づくと、ぴくんと耳を上げて振り向く。縦に傷のある黄金の瞳。

「クロ様」

「これはソフィ殿」

「大活躍と聞きましたわ」

「年寄りの冷や水でございます。何やら途中からちょっと楽しくなってしまいましてな」

「やっぱり」

照れたようにクロが笑う。水を浴びたのだろう。きれいな毛皮がピカピカと光っている。

「この木……」

その横に、老木がつぶれたようにして折れている。地面に横たわる枝の先から、さら、さらという音がした。

「幹にやつどもの爆弾が当たってしまいました。サラ婆さんに当たらなければ役人の小屋に向かっていったはずですから、あっぱれな殉職ということになりましょう」

「そう……」

「老い先短い老木です。街を守れて悔いなしと、思っていたと思うことといたしましょう」

「ええ」

しんみりとしている二人をよそに、マーサが折れた木の根元をじいっと見つめている。

「お嬢様」

「どうしたの」

「新芽が生えております」

「えっ」

わたわたとクロと一緒に歩み寄った。

折れた老木の根元に、緑色の芽を持つ、やわらかそうな産毛のある枝が生えている。

「なんとまあ」

「サラ坊でございますね」

「まったく、しぶとい婆さんだ」

はっはっはとクロと笑い合いその場を離れようと歩んだソフィは、マーサがじっと新芽を見つめていることに気づいた。

吹いた風が、マーサの白髪のほつれを揺らす。

さら、さら、と音がする。

鋼の板を入れているようにピンと伸びているはずの彼女の背中がわずかに、ほんのわずかに曲がっていることに、ソフィは気づいた。

「……」

どういうわけか声をかけられず、ソフィは静かにそこを離れクロに歩み寄った。

「勲章ものとお伺いしましたわ」

「どこまで本当か。亜人にそのようなものが出るとは思えません」

「そんな」

「それに」

とん、とクロが腹を押さえる。

「勲章はもうございます。本日はご足労いただき誠に申し訳ありませんソフィ殿。このまま胸を張って結婚式に出ることにします」

「そうでしょう」

にっこりとソフィは笑った。

「お嬢様はなんと」

「泣かれました」

「そうでしょうとも」

うふふとソフィは笑う。そして少し悪い顔でクロを見る。

「お嬢様を泣かせた無神経な悪いパパに、わたくしお仕置きして差し上げましょうかしら」

「ほう……？　か弱い人間のお嬢様が、このクロロ・ロム・ムクロにでございますか？」

にやりと牙を出し濡れた黒光りする胸を反らしてクロが笑った。

ソフィはクロににじり寄り、バッと目の前で『あたしのかんがえたかっこいいポーズ』を決めた。

「我こそは血塗られし《ブラッディ》黒金剛石《ブラックダイヤモンズ》が前衛、神速の《カンムル》黒嵐《ブラックストリーム》、クロロ・ロム・ムクロなり！」

「あー！」

顔を手で覆いぱたぱたくねくねとクロの尻尾が動く。

バッとまた別のポーズを決めた。

「血塗られし《ブラッディ》黒金剛石《ブラックダイヤモンズ》が前衛、神速の《カンムル》黒嵐《ブラックストリーム》、クロロ・ロム・ムクロなり！」

「あああァー！」

さら、さら、さら
葉っぱが風になびき、歌うように響いた。


後日シルバーではげ治しを試みた。

ダメだったので広告に注意書きを増やすこととなった。

失わ《ハ》れた長い《ゲ》友達は戻せません、と。

✶

ある夜。

サロンで本を読んでいたソフィは、外から小さな音がしたような気がして顔を上げた。

「……マーサ？　クレア？」

そっと扉を開ける。

真っ暗な廊下には、誰もいない。

ぱたんと閉じ、本に戻った。突然内容が頭に入らなくなり、ため息とともにそれを閉じる。

小さな布の袋から、蠟《ろう》紙に包んだ金属のプレートを取り出す。

ランプの光を反射させる金属の表面に刻まれた『三級癒師　クルト＝オズホーン』の文字を指で

なぞる。
表面が少し、汚れた。
きれいな布を取り出し、丁寧に拭う。
『ソフィ嬢、失礼する』
そんな四角い声は、静かなサロンのどこからも、聞こえてはこなかった。

しんしんと夜は深まり
しんしんと冬が深まっていた。

酒場のビアンカ

ビアンカ（女　年齢　秘密、酒場の主人）
刺青《いれずみ》を消したい。

りん、りん、りん

涼やかな音とともに部屋に現れたのは、長い黒髪を豊かにウエーブさせ、とろみのある色白の肌をきれいに化粧した、とんでもなく色っぽい女性だった。

「ビアンカと申します。どうぞよろしくお願いいたします」

「ソフィ＝オルゾンと申します。……お美しいのですね、ビアンカ様」

「まあ、ありがとう」

こういう女性は謙遜をしない。美しすぎて謙遜まで嫌味になってしまうからだ。

ふふふ、と女性にしては低い、だがこれまたたいそう色っぽい声で彼女は笑う。弧を描く赤い唇が魅力的だ。

一見三〇代にも見えるが、ソフィのおかんセンサーではおそらく四〇代の中頃か、あるいはもう少し上と見た。いわゆる美魔女。たいていの男はころり、ぽろりと手玉に取られるに違いない。

母シェルロッタが薔薇ならば、この方は百合だ。しっとりと濡れあでやかに香り、妖しい魅力で人を引き付ける。

するりと髪を耳にかけた。覗いた耳たぶと指の動きすらなまめかしい。

「従業員もいないような小さな酒場の主人をしております。遅い時間にお申し込みをしてごめんなさいね。どうにも寝坊助なもので」

「いいえ、ちょうどおやつの時間でよろしいかと存じます」

今日は少し苦めのお茶に、フルーツと花のあしらわれた甘い焼き菓子、薄くやわらかな生地にチーズやハム、ナッツがのった軽食を用意してくれた。レイモンドいわく、

『だいたいの酒飲みはしょっぱいものが好きですよ』

とのことである。

彼女は優雅にハムののった生地を口に運んだ。驚いたように頬を押さえる。

「あら、美味しい」

「ありがとうございます」

にっこりとソフィは笑った。レイモンド、大正解。

「生地と具の組み合わせと塩加減が絶妙だわ。作り方を教えていただきたいくらい」

「教えてもいいものなのか、あとで料理人に聞いてみますね」

レイモンドが彼女に直接教えたら、きっと教え終わるまでにぐにゃぐにゃに骨抜きにされるだろうとソフィは思った。

「さて、ご相談なのですけれど」

「はい」

するりと彼女はドレスの肩を抜いた。そのまますするん、と艶のある肌をあらわにする。

ごくり。

思わずおっさんのような生唾を飲んでしまうほどに、彼女はセクシーだった。

「こちらを」

「ご立派ですのね！」

向けられたほっそりした背中にはシルバーのあれと遜色がないほど大きな、派手な色の骸骨の刺青が入っていた。

「私、海賊の女《オンナ》でしたの」

ほっそりとした指をセクシーに頰に当てて微笑み、ビアンカは語り出す。

大陸から離れたある島。

白い砂浜には色とりどりの貝殻と珊瑚が打ち寄せられ、寄せては返す波は複雑な形の入江に当たり宝石のように飛び散り輝く。

世界に忘れ去られ時を止めたようなその小さな島に生まれ育ったビアンカという娘は、花のように美しい少女だった。

島の中でビアンカの姿を追わない少年などどこにもいない。どこにいても、誰といても、ビアンカは常に男たちの熱い視線を感じていた。

盛《さか》りのついた犬のようだと、ビアンカはその視線を嫌悪していた。

『そんなに足を出すんじゃない。髪ももっときっちりと結びなさい』

父はよくそうやってビアンカを叱った。

海の仕事を手伝っているのだ。足くらい皆出している。髪なんか自然に乱れる。なぜ自分だけがそんなにも叱られなくてはならないのかと、幼いビアンカは不満だった。

「……相当にお美しかったのでしょうね」

「きれいな鏡もろくにないような田舎《いなか》でしたから、わかっておりませんでしたの」

ただ、なんとなく自分は特別なのだと思っていた。

男たちはなんでもビアンカの言うことを聞いてくれる。

女たちは目に嫉妬を宿しながら、諦めとともに媚《こ》びるように自分に接する。

つまらないわ、と思っていた。いつもそう思いながら夕焼けに染まる赤い海を見ていた。

いつか誰かがあの向こうから現れて、私をさらっていってくれればいいのにと夢想した。

「一六のとき、島長の息子との縁談が持ち上がったの」

真面目を絵に描いたような少年だった。彼もいつも熱い目で、ビアンカを見ていた。

「つまらない、と思ったわ」

彼に嫁ぎ、彼の子を何人も産んで、母になり、お婆さんになり、島の墓地に埋められる。

私はこんなに特別なのに、どうしてほかの女たちと同じ人生を歩まなければならないのかわからなかった。

島の東に、海水と温泉が混ざる入江がある。ビアンカはそこが好きだった。その日も裸になって浮いていた。

湯気の向こうから誰かが現れた。影の大きさからして男である。

ここは男性の立ち入りが禁じられている。島の掟《おきて》を破る無法者は誰かと睨《にら》みつけると、そこには見たこともない顔の、精悍《せいかん》な男が立っていた。

差し込む夕日の色と同じ赤い髪、やはり同じ色の鋭い瞳。

傷だらけの顔は、思ったよりも優しげで若々しかった。

『……』

『驚いた』

男は呆然と、夕日に照らされるビアンカを見つめていた。

『美しい人魚の住まう島だったとは』

「一目で恋に落ちたわ」

目元をとろけるような微笑みに変え、色付いた唇で甘やかに歌うようにビアンカは言った。

「目に、頭に、胸に彼の形が焼き付いたの。その人しか見えなくなった。ほかの何もかもがどうでもよくなった」

若き日のビアンカの胸のときめきが、若くて熱いまっすぐな恋心が流れ込んでくるようだった。

「水の補給のためにたまたま島に立ち寄った、小さくて若い海賊団の船長で、ウィリアムと名乗ったわ。すがりついて、自分をさらってほしいと頼み込んだ」

『僕は女は盗まない』

『いいえ、もう私の心を盗んだわ。責任を取って』

『強引な人だ』

『あなたのせいよ』

唇を奪った。少し離して、赤い目と視線を合わせる。

今度は唇が自然に重なった。

舌が絡んだ。

いつまでもいつまでも、二人の影は一つのままだった。


「キャー！」

ソフィは頬を染めて体をくねらせ悶絶《もんぜつ》した。

熱い。

甘い。

あまりにも刺激が強い！

変な声が出そうになるのをどうにか堪《こら》えてソフィはくにゃくにゃした。うふとビアンカの艶めいた目がそんなソフィを見る。

「そうして無理やりウィリアムの女になった。船に乗り込んで、島が小さくなっていくのを、私は爽快な思いで見つめていたわ。ざまあみろと思っていた。あんなじめじめした陰気くさい墓に入らなくていいのだと。私はやっぱり特別だったのだと思っていた」

まだ当時の海賊団のメンバーは一〇人にも満たず、ビアンカはさながら皆のお母さんだった。

男ばかりの船はむさ苦しく、臭く、汚い。

甲板を磨き、洗濯をし、掃除をし、繕い物をし料理を作った。

船員たちに文字を教え、歌を教えた。代わりにと下品な言葉と歌を教えられ、下手くそな楽器のもと声を合わせて歌い、笑った。

満天の星を見た。見たこともなかった美しい大きな生き物を見た。大雨に逃げ惑い、入り組んだ洞窟で命からがらの大冒険をし、見つけたお宝に歓声を上げた。

いつも、夜はウィリアムと一緒に眠った。

定期的に立ち寄る港街で有名な彫師に、ウィリアムと同じ刺青を入れてもらった。涙が出るほど痛かった。それでも彼の女になった証拠が欲しかった。

冒険を重ね、歳を重ねるうち、海賊団のメンバーはどんどん増えた。

船は新しくなるたびに大きく、立派になっていった。

当初ののどかでのんびりとした雰囲気が徐々に、血のにおいがこびりつきふとした瞬間にぷんと香る、刃の切っ先のような冷たいものに、変わっていった。

「身の程を知らなかった。ただ大きくすればいいと思っていた。ウィリアムは賢かったけれど、どこかひどく繊細なところがあった。彼は自分の背では負いきれないものを、自ら背負ってしまったの」

人の意見を受け入れなくなった。

自分は強いのだと、キャプテンなのだとひけらかすようになった。

たいして強くもない酒に、溺れ始めた。


ある夜。港に停泊していたとき、扉の外から騒がしい声がした。

何事かと、横で眠るウィリアムをゆすって起こそうとしていたところでバンと扉が開いた。

男たち……海賊団のメンバーたちが、ドドドッと雪崩《なだれ》のように入り込んできた。

『何事なの！』

船長の部屋である。許可もなく勝手に入るなど許されないことだ。布を体に巻き付けビアンカは叫んだ。ようやくウィリアムが目を覚ました。酒の抜けきらないどろんとした目で手下たちを見た。

『あ……？』

『ウィリアム、船長を降りてもらう。てめぇじゃ器不足なんだよ、貴族崩れのおぼっちゃん船長。これ以上てめぇの尻拭いはまっぴらだ』

『何を……』

言い切らないうち、ウィリアムの首が飛んだ。血しぶきをまともに浴びた。

さっきまで愛しい人だったものからそれが噴き出すのを、ビアンカは呆然と見ていた。

ウィリアムの首を切り落とした男は剣を背負い、ビアンカに向き直る。

『姐《ねえ》さん、あんたにゃ飯を作ってもらった恩がある。荷物をまとめてさっさと船を下りてくれ』

『あんた……』

創業メンバーのうちの一人だった。欠けた歯をむき出しにして笑う素朴な少年だった。

この子はいつの間にこんなにも荒々しく、冷たい顔の男になっていたのだろう。

前に奪ったお宝と、着替えの荷物を持たされて、ビアンカは血まみれのまま港に放り出された。

ぺたんと地べたに座りながら、海賊船が小さくなっていくのをぼんやりと見つめていた。

島を出て一三年。ビアンカは三〇歳になっていた。

自分が若くもなく特別でもないことを、もう、ビアンカは悟っていた。


「お宝を売ったら結構な金額になったので、店を買ったわ。一〇人も入ればいっぱいの小さな店だけど、女一人が食えればいいのだから、どうにかこうにかやっていけないことはなかった。思えばちゃんと売っても足のつきづらい、質の高いものだけをわざわざより分けて渡してくれていた。……あの子は確かに恩を、感じていいてくれた」

ぽつり、ぽつりと常連客が増えた。若い女の子のたくさんいるような大きなお店に行けない貧乏人たちだ。限界まで薄めた酒で長時間粘り、ビアンカを口説き落とそうとくだらない酔っぱらいのジョークを繰り返す。

「なんだかあの島に戻ったようだった。結局私はこうなるのだな、と思ったわ。店の準備を、片づけをしながらウィリアムとの思い出をたどって、ふと店の鏡を見るの。日増しにくすんで色あせていくのがわかるのよ。かつてはあんなに嫌悪した私の『女』がどんどんかすんで、消えていこうとしている。子を産み育てるでもなく、立派な仕事をするでもない。ただただ毎日酔っぱらいの相手をしながら私は女をすり減らしていくの」

「とてもおきれいですわ」

「ありがとう」

嫣然《えんぜん》とビアンカは微笑んだ。

それから、わずかに眉に切なげなしわを寄せた。

「……常連の中に、何年も、毎日来る人がいるの。風が強い日、雪の日なんて誰も来ない日もあるのだけど、その人だけは必ず来るの。決まって同じ時間に、髪をぐしゃぐしゃにして、頭に雪をのせて、ドアを開けて私の顔を見て笑うの。『ああ、今日もおかみさんはきれいだなあ、生きててよかった』って」

ソフィは胸に手を当てた。そこがじんわり熱くなる。

ビアンカがソフィを見て笑った。今まさに客を自分の店に迎え入れたかのように。

いきなりサロンが夜の雰囲気になった。飲んでいるのは茶のはずなのに、ビアンカが口に運ぶと強い酒を飲んでいるような雰囲気になる。

「ソフィ様は好きな男性はいる？」

いきなり聞かれてソフィは言葉に詰まった。その様子を見たビアンカがうふふと笑う。

「いるわよねえ、お若いのだから。ねえ、その人はどんなふうにあなたを見るの？」

「おりませんん」

「そう？」

すべてお見通し、という目でビアンカはソフィを見てから視線をゆっくりと流した。

「……その人はね、私を眩《まぶ》しそうに見るの。目を細めて、あたたかいものを見るような目で見るの。背中にこんなものを背負った海賊の女で、男の血を頭からかぶって放り出された、安酒場の、おばあさんの私を。私は居心地が悪くなってしまってつい心にもないことを言うのだけど、その人はそれを気持ちよさそうに聞いているのよ。毎日、毎日」

「……素敵な人ですわ」

「いいえ、見た目は痩せたネズミみたいなの。背が低くて貧相で、なんだかせかせかしていて。どこかのお店で長年出納係をしているんですって。たしかにマメそうだからぴったりだとは思うんだけど、せかせかこまことしていて落ち着きがないし、ちっともかっこよくないのよ。お店のために頑張りすぎて、妻も子どもも持てずにもう五〇になるのよ。うち――おばあさん一人しかいない安酒場で飲むのだけが、人生の楽しみなんですって」

ビアンカの口はその人をけなしているはずなのに、とてもやわらかく、優しかった。

「……少し前、少し体の調子が悪いときがあったの。どうしても起きられなかったり、急に胸が痛くなったりして。何日も店を開けられずに臥《ふ》せっていたら、夜にノックの音がして。あの人だった。毎晩厚くおしろいを塗っているけれど、化粧がなければ私などただのおばあさんよ。扉は開けられないと言ったわ。そしたら彼はこう答えた。『あたたかい食べ物を扉の前に置いておくから、よかったら食べてくれ、嫌ならそのままでいいから』と。足音が去ってから扉を開けたら、湯気の立つあたたかなスープとパンの入った籠があったわ。部屋に戻って、私はそれを食べた。美味しくて、あたたかくて、食べながら涙が溢れた。もう若くもなく美しくもない私に、どうしてあの人は優しいのか。次の日も彼は来た。私は扉を開けた。背中のあいた服を着て、化粧も髪結いもしていない素顔をさらしたわ。これ以上彼を、嘘で騙したくなかったから。きっと驚いて、失望して去っていくと思ったから」

「……」

『ああ、今日もおかみさんはきれいだなあ、生きててよかった』と、彼は笑ったわ」

噴き出した涙をソフィはハンカチで押さえた。過剰な反応に自分でも驚いてどうにか涙を止めようとするのに、止まらなかった。

ビアンカはそんなソフィを優しく微笑んで見ている。

「申し訳、ございませんビアンカ様。お客様をおもてなしすべき立場の者が、このような態度を」

「いいえ。恋をすると心はやわらかくなってしまうもの。仕方のないことよ。怖がりで、寂しんぼで、わがままで泣き虫になってしまう。きっとあなたの想い人も、きっとそのままのあなたを、目を逸らさずにまっすぐに見る人なんでしょう」

いいえ、いいえとソフィは首を振った。好きな人などいない。

そんな人はいない。

「あなたのお顔、とってもきれいだわ。本当に、なんて嫌なことをする病かしら。きっと美の神があなたに嫉妬したのだわ。女神ってすごく嫉妬深いもの」

ハンカチで目を押さえているソフィを、ビアンカは孫を見るような優しい目で見つめる。

「あの日、ウィリアムの血を頭から被ったあの日、私は心に決めたの。もう二度と恋なんかしないって。もう二度と傷つきたくない、失いたくないから。それなのに」

ビアンカは胸を押さえた。

「激しく情熱的なものが恋だと思っていた。一目で惹《ひ》かれ合うものだと。でも違うのね、しんしん

と、少しずつ降り積もっていつの間にか形作られている恋もあるのね。若くもなく、美しくもなくとも、誰かに愛されることがあるのね」

穏やかに言うビアンカはきれいだった。

「私を一人にするのが心配だからと、彼から結婚の申し込みがあったの。受けようと思うわ。永久の愛を信じて刻んだ刺青だけど、まっさらに戻してから彼の妻になりたいの。あの人は気にしないけれど、私がいやなの。ウィリアムの女、海賊の女ではなくなってから、あの人の妻になりたいの。勝手だとお思い？」

「いいえ」

ソフィは顔を上げはっきりと答えた。

「女の恋は上書きするものですわ」

「いいこと言うわ！」

手を叩き、ほっほっほとビアンカが声を上げて笑った。


『いたいのいたいのとんでいけ』

一目で惹かれ合い、痛みとともに背中に刻んだ激しい愛の記憶も。

『とおくのおやまにとんでいけ』

長い年月をかけていつの間にか降り積もった穏やかな愛も、どちらも大切にしていい。

どちらの愛も、ビアンカの真実だ。

「驚いた……」

シルバーのときと同じように、合わせ鏡にして背中を見たビアンカが息を呑んでいる。

「まさか少しの跡も残らないなんて」

「きれいなお背中。すべすべですわ」

父のように頰はすりすりしないが、そうしたい気持ちになるほどの美しさだ。

ドレスを着直し、ビアンカは髪をかき上げる。その所作がいちいちとろりんと美しい。

「ああ、背中が軽くなった。一〇代の頃の情熱は、このおばあさんには重すぎたわ。それにしてもまさか一〇歳も年下の男性に、この年で嫁《か》すことになるとは思わなかった」

「えっ」

「あら」

言っちゃったわ、とビアンカが口を押さえた。舌を出し、しまい、ぱちんとソフィに茶目っ気たっぷりのウインクをする。

「何も聞かなかったわね?」

「はい」

ソフィのおかんセンサー、ポンコツ。奇跡の六〇歳に、ソフィはしおしおと頭を下げた。


「思えばあの頃、私はいつも歌っていた」

花びらを指でつまみ唇に当て、ビアンカが遠い目をする。

あの頃——海賊船に乗っていた、一〇代の日々。

「毎日が熱くて、激しくて、にぎやかでいつも新しかった。それだけがすべてだった。……あれは、私の物語の序盤だったのね」

そっと目を閉じる。その目元に、隠しきれない年月が滲んだ。それは決して醜いものではない。

年月を、エピソードを重ねたものにしか出せない、悲しみにも似た美しさがあった。

「もう私の物語の残りのページはわずかだわ。私はあの人と、これからこれをゆっくりめくるの。穏やかに、一枚ずつ」

甘やかに彼女は言う。本を開き、ページをめくる所作をした。

「夢と愚かな自尊心を持って島を飛び出した少女は、港街の小さな安酒場でおばあさんになり、痩せたネズミと幸せになりました。おしまい」

「素敵な物語ですわ」

「あまりにもありきたりだわ」

いいえとソフィは首を振った。

「ただそこに生きているだけで、人は満点です」

「老練なことをおっしゃるのね」

うふふとビアンカは笑った。じっと彼女はソフィを見る。

「愛に歯向かっても無駄よ、ソフィさん」

美しい目はソフィを見透かすように見つめる。

「女神のいたずらに負けずにあなたを見つめる男性がいるのだとしたらその方は、心の深い部分を、もうあなたに捧げているもの。あなたは心を盗んだ責任を取らなければ」

「……そんな方はおりません」

「泣かないで。怖がりね」

よしよし、と頭を撫でられた。甘く優しい香りがした。

「何も考えず、情熱に身を任せなさいな。どんな結末になってもきっと後悔しない。自分の心が決めたことだもの。やったことよりもやらなかったことへの後悔のほうが、ずっとあとまで残るのよ」

「ビアンカ様は」

「ええ」

「今あの入江に戻っても、やはりウィリアム様の腕の中に飛び込みますか?」

「もちろん。あの熱にあらがえるはずもないわ。たとえ結末がわかっていたとしても。愚かだと誰に指差されても構わない」

嫣然とビアンカは微笑んだ。

「これは私の物語だもの」

彼女が去ったあともサロンには甘い香りと、炎のような情熱が、熱く残っているようだった。

癒師クルト＝オズホーンの帰還

午後のビアンカの情熱が淡く残っているようなサロンに、その男は現れた。

マーサの先ぶれを受けサロンで待っていたソフィは、扉が開いた音に顔を上げた。

「……」

遅かったじゃない。

どうして文の一通もくれなかったの、と、責めたい気持ちもあった。

だが彼にかけるべき最初の言葉を、もうソフィは知っていた。

「おかえりなさい、オズホーン様」

笑顔を向けようと思うのに、涙が溢れて、溢れて、頬を伝っていった。


『お湯をもらえるかしら。あと、今日は外してほしいの、マーサ』

ソフィにそう言われた老いた侍女は背筋を伸ばし、

『承知いたしました』

一つの動揺も見せず、ソフィの願いを受け入れた。

「ご無事で何よりです」

言いながら、テーブルに着いたオズホーンにソフィは手ずから茶を入れる。

いつもピシッと真面目に一分の隙もなく整えられた服には土がつき、ところどころほつれ、薄汚れていた。初めて見る癒師の白い制服は、彼にとても似合っていた。

「わたくしでお嫌でなければお体をお拭きいたしますわ。お帰りになって、そのままこちらにいらしていただいたのでしょう?」

じっと黙ったままオズホーンがソフィを見る。

ソフィも彼を見る。

この方はこんな形をしていたかしらとソフィは思った。

短髪から覗く形のいい額。真面目そうな眉、理知的な黒曜石の瞳。スッと通った高すぎない鼻筋に、厚すぎも薄すぎもしない唇。耳の形まで真面目に整い、筋張っていない首にぽこんと浮き出た喉仏。

「……自分で行います、布をお借りできますか」

「でしたらお背中だけでも」

「いえ、今あなたに触れられて理性を保てる自信がありません」

きっぱりと彼は言った。

「ご冗談を」

「おれも男です、ソフィ嬢」

初めて『おれ』と言ってソフィの手から布を受け取った彼の体から、土のような、汗のような、男のにおいがした。

オズホーンが上半身の服を脱ぎ捨て、布で体を拭っている。ランプの灯りに浮かぶその体を、ソフィはじっと見つめていた。

着痩せする人だったらしい。必要なところに必要な筋肉がある、立派な体つきをしていた。

その背中にひび割れたような大きな痕があることに気づき、ソフィは問いかけた。

「お背中はどうなさったのですか」

「飛んできた岩の下敷きになりました。一度はちぎれたのを、ほかの癒師に癒されました」

「……」

「癒術を受けるのがあんなに苦痛だとは知らなかった。できることならば二度と御免こうむりたい」

「……危険な任務でしたのね」

「予想よりドラゴンが大きく賢かった。一度は洞窟に追い詰めたものの、そこから長期の籠城戦になりました。最前線の屈強な戦士が肉の細切れになって吐き出されたときは、元気のいい冒険者たちもさすがにしんとしたものです。ああなってしまえばさすがに治せるものではありません」

「でも勝った？」

「最終的には」

「お疲れさまでした」

「はい、疲れました」

オズホーンがソフィを振り向いた。

「ソフィ嬢」

「はい」

「癒していただけませんか」

疲れを滲ませる黒の瞳が、それでもまっすぐにソフィを見つめる。

「あなたの癒しを受けてみたい。お願いします」

「はい、では頑張ったご褒美に」

ふっとオズホーンが笑った。

「ご褒美ならほかのものが欲しい」

「なんのことかわかりませんわ。お背中をこちらに向けてください」

　椅子に座るオズホーンのひび割れた背中をじっと見た。

　ふとそこを、指でなぞりたい気がした。でもソフィが触れればせっかくきれいにした肌が汚れてしまう。

　ソフィはぐっとこらえ、手のひらをかざして詠唱した。

『いたいのいたいのとんでいけ』

　大きな岩が目前に迫ったとき、彼は何を思っただろう。

　死を意識したそのとき。走馬灯の中に、ソフィのことを、少しでも思い出してくれただろうか。

『とおくのおやまにとんでいけ』

　目の前で救うべき命が途切れていく。癒師としてきっと辛《つら》いこと、歯がゆいことがたくさんあったはずだ。心の休まらない、壮絶な日々だったはずだ。

　そんな日々を越え、彼が今日、生きて帰ってきてくれた。ここ、ソフィのサロンに。湯にも入らず着替えの時間すら惜しみ、まっすぐに来てくれた。それがソフィは、涙が出るほど嬉しい。

　戦いの記憶を、苦く辛い痕跡を、少しでも消して差し上げたい。

　詠唱を終え光が収まったそこにつるつるぴかぴかのなめらかな筋肉のついた背中が浮かび上がった。ホッと息を吐く。戦場のイメージを、正しく持てるか不安だったからだ。

　他人の癒術によってできた傷だから、またマナをたくさん吸われるかと覚悟したが、それもなかった。澄み通る水のように、すっ、とソフィのマナがオズホーンに溶け込み広がるのがわかった。

「……こんなにも優しいのか」

ぽつん、とオズホーンが言った。

「え？」

「あの修業不足の糞《くそ》癒師とは雲泥の差です。あたたかい湯に浸かっているような、やわらかな光に包まれているような心持ちでした」

「……」

「こんなにも優しく、あなたは人を癒すのですね。寄り添い、包むように、その人を思って」

「……それしか、できないから」

「それをできる人間は、多くありません」

オズホーンの大きな手が指の先に触れ、ビクンとソフィは手を引いた。空を切った男の手は、そっと自身の膝に戻される。

椅子にかけていた制服を男は身に纏う。ぱちんと襟の金具を留め、彼はソフィに向き直った。

「オズホーン様、これをお返しします」

沈黙を恐れソフィは言い、首に下げていたリボンをほどいた。むき出しでは変な汁が付くし、金属だと刺激になるので、リボンに下げた小さな袋にそれを入れていた。

口をほどいて取り出したものを、男に渡す。金属の認識票はソフィの熱で、じんわりとあたたかい。

「おかえりなさいませ。ご無事で何よりです」

「……ずっと身に着けていてくださったのですか」

「持っていてくれ、なくすな、汚すなとおっしゃったのはあなた様ですわ」

「そうですね」

手渡された認識票をじっと見つめ、オズホーンは胸にある片割れにかちんとそれをつけた。

それがそこに戻ったことがとても嬉しく、少しだけ、寂しい。

そう思って見つめていたら、そっと伸びてきた手に、腕を握られた。

やわらかく引かれ、気がつけば力強く、だがそっと、オズホーンの胸に抱かれていた。

「……」

ソフィは震えていた。

身を離そうと胸を押すが、女の力に男の腕はびくともしなかった。

「お慕いしています。ソフィ＝オルゾン様。おれはあなたが好きだ」

耳元で響く掠れた低い声に、ソフィは怯えた。

怯えたのは彼が怖いからではない。その言葉に喜び震えた自分を、恐れたのだ。

「……離して」

「ずっとあなたのことばかり考えていました。今頃何をなさっているだろうか、どんな相手となんのお話をなさっているだろうか。道端のこの赤い花を持っていったら、あなたは喜ぶだろうか」

「お願い……」

「サロンを訪れた他の男に見初められていないだろうか。まだ、おれの帰りを待っていてくれているだろうか」

男の体の熱と、その言葉の熱に包まれていた。

「お願い、……オズホーン様」

「毎晩あなたの夢ばかり見ていた。あなたには言えないような夢も。震えないでくださいソフィ嬢。おれはあなたの心が欲しい。こんなにもか弱いあなたを力ずくで奪ったりしない。あなたの望まないことだけは絶対にしたくない。どんなに心がそれを求めても。そんなことをしたらおれは、自分

「……もっときれいな人が、あなたにふさわしい人がたくさんいるわ」

「おれはあなたを世界一美しいと思っています。女性を、人間をそう思ったのは初めてです」

「……」

「愛をいただけませんか、ソフィ嬢」

「……あなたを汚すのが、いやなの」

溢れた涙をオズホーンの指がすくった。

そこに変な汁がついてねばっとするのをソフィは見ていた。また新しい涙が溢れた。

「わたくしが隣に立つことで、あなたが人に笑われるのがいやなの。あなたを傷つけるのがいやなの。肌を合わせて、血まみれになるあなたを見たくないの。……あなたが、いずれ人に馴染《なじ》み、人の美醜に気づいて、わたくしを、……わたしを……」

ひっくとしゃくりあげた。

「化物を見る目で見る日が来たら、わたしは今度こそ生きていかれない！」

ぼろぼろと涙が溢れた。

汚れをオズホーンの白い制服に付けないように、必死に背を反らせてソフィは泣いた。

ソフィは怖い。人から、あの目を向けられることが。

もしもその目が、この漆黒の、きれいな黒曜石の瞳だったらと思うことが。

「お願い、オズホーン様。お帰りになって。どうぞ頭を冷やしてください。ご自身の輝かしい未来をお考えになってください。お願いします」

沈黙ののち、涙に濡れるソフィからそっとオズホーンの腕が離れた。

「怖い思いをさせて悪かった。ソフィ嬢」

泣きながらソフィは首を振った。

オズホーンの腕は優しかった。ちっとも怖くなんてなかった。

ぱたんと扉の閉まる音を聞いてからもソフィはそこにうずくまり、溢れ続ける濁った涙がカーペットに落ちぬよう拭っていた。

戦場の癒師クルト＝オズホーン

グスタフ＝ヘッグはついていない男である。

農家の五男に生まれ、一四で家を追い出されて（家が狭いから）冒険者になった。何度も何度もパーティ解散の憂き目に遭いながらも冒険者を続け、もう四六歳。三〇歳を過ぎたあたりからなぜか国に目をつけられ、何度も何度も国依頼の指名クエストに参加させられてきた。

そろそろ引退してどこかに腰を落ち着け、道場でも開ければいいなあと思っていたところにまた国から、今度は『クラック渓谷のドラゴン狩り』クエストのリーダーを依頼された。

確かにグスタフはA級冒険者だ。だがそれは過去の栄光を食いつぶしているだけで、自分の大斧《おの》の腕がすでに最盛期の良くて七割、B級レベルまで落ちていることは自覚している。

また見た目がいかついので頼りがいがありそうなどと勘違いされることが多いが、こう見えて肝っ玉が小さくて、大事なイベントの前には考えすぎて眠れなくなるタイプである。おなかも弱い。ただし、声は大きい。

丸丸丸、と手のひらに書いて飲み込んで、精いっぱい渋みのある表情を作って現場に到着してグスタフは確信した。

やっぱり俺は、ついてない。

一〇パーティ五〇名の参加者がいると聞いていた。

なんであのパーティ、全員ピエロの格好をしている。いったい誰が攻撃するのだ。

なんであのパーティ、全員忍者だ。どうしてそんなに忍びたい。

なんだあれは。男なのに頭の上で結い上げた変な髪形に紐《ひも》のようなパンツを穿《は》いて、尻を丸出しにしたデブ集団がいる。馬車の移動に慣れていないのか飲みすぎたのか、全員が吐きながら転がっているやつらがいる。

ドラゴン。

ドラゴンだ。

魔物のトップみたいなやつ相手に、なんでこんなにバランスの悪い布陣で臨もうとしているのだ。

普通に剣と弓、魔術をバランスよくローテーションしていく普通の戦法を考えていたグスタフは、強く吹き付けた風の為《な》すままに、手元のメモを投げ捨てた。

「癒師班は到着してんのか」

『癒師』

後方支援専業の回復魔法係。どこの馬の骨ともわからぬ使い捨ての冒険者とは違い全員が名札付きの国の持ち物。普通の冒険じゃめったにお目にかかれないピッカピカの高級品。

依頼人が国のときだけ現れる白い制服の彼らは、その希少性ゆえ常に守られ、奥に引っ込んでいる。大事に守られ気位の高い、いけ好かない神経質な変人集団。

戦場の命綱。

「二名到着しています」

「階級と名前」

「四級のバッカス＝エーマン、六級のパトリック＝ハリン」

ついてねえ、とグスタフは頭を押さえた。

「あのカス野郎と銅級《ヒヨッコ》かよ！　くそが！」

いらいらと足元にあった切り株を蹴っ飛ばした。朽ちていたらしく、ばすんと粉々になる。

戦闘部隊が五〇名なら、派遣される癒師はせいぜい二名か三名だろう。

前にどこかの任務で一緒になった『バッカス＝エーマン』はひどいものだった。

年齢は五〇代くらいか、貴族の出らしく、色の落ち始めた金髪をオールバックに撫でつけて、髭を整えた一見ダンディな男は、壊滅的に『ソコジャナイ』腕前の持ち主だった。

魔物の牙で引き裂かれ、あとちょっとで腕が根元から落ちそうになっているやつを、なぜか足から治療する。

腹からはらわたがまろび出ている人間を、なぜか額の傷から癒し始める。

服が汚れるのを嫌う。

髪が乱れるのを嫌う。

冒険者を何か、人間の形をした汚い動物だと思っている。

どういう基準で癒師の級が決まるのかは知らないが、あれでよくも四級まで上がったものだ。

もっとも戦場での癒術が苦手なだけで、設備の整ったハコモノ内ではまた違う働きをするのかもしれない。だが、ここは戦場なのだ。とっさの動き、一瞬の判断を間違えられては困るのだ。

六級のパトリック＝ハリンは聞いたことがない。ランク上がりたての新人だろう。

癒師の胸元にある認識票はランクで色が違う。一～二級は金、三～五級は銀、六～一〇級は銅。せめて銅級のこの男はまともであってほしい。ランクは低くても、実力のあるやつは稀《まれ》にいる。稀に。

ごくごく、稀に。

ごくごくごくごく、稀に。

「あ～あ……フローレンス様に会いてぇなあ」

威張り腐る気位の高い癒師の中にありながら、聖女のような微笑みを浮かべたあの女性の癒しはいつも優しかった。

常に冷静で、正確で、あたたかかった。

「こりゃあ、今回半分は死ぬな。運が悪かった」

頭をかきながら歩いたその先に、その男はいた。

「……『静寂のオズホーン』」

「初めまして。国王陛下直属第五癒師団所属、三級癒師のクルト＝オズホーンです。現在の派遣先が遠方のため到着が遅れました。このたびは癒師班の現地責任者を務めます。戦闘班のリーダーはあなたですか」

「はい。斧使いのグスタフ＝ヘッグです。ええ初めまして。前に何度かご一緒してますがね」

抱きついて無機質なそのくそ真面目な顔にキスしたいほど、グスタフ＝ヘッグは嬉しかった。

予想を変更。多分死ぬのは一人か二人。

作戦も変更。長期戦になっても戦える。

今日のグスタフ＝ヘッグはついている。


六級癒師パトリック＝ハリンはこの人を見るといつも考える。

癒師という仕事は、人の心があってはできないのではないかと。

「オズホーン先輩。ご無沙汰しております！」

現れた背の高い黒髪の男に、パトリックは九〇度の角度で礼をした。

パトリックが勤める中央癒院の先輩だ。抜群に腕のいいこの人が何月か前にお上の鶴の一声で遠方の港街に派遣されてしまい、現場は大混乱であった。

癒術というのは、単純に傷に光のマナをぶっかければいいというものではない。どことどこをくっつけ、ふさぎ、修復するのか、術者の頭の中に明確なイメージがなければうまくいかないのだ。人体の構造を知り尽くしたうえで、今そのどこが壊れているのか、どこをどうつなげばいいのかを判断する。

この先輩はその見極めが恐ろしいほど素早く正確だった。

恐ろしいほど、だ。

人には感情があり、普通それは揺れる。

疲れがある。恐れがある。普通は。

この先輩は相手が死にかけた赤ちゃんでも、国の主要な人物でもお構いなしに、どんなひどい状態のものでも一つの揺れも、動揺も緊張もなく、常に癒した。

深い夜のような黒い瞳は人を人として見ていないように、冷たく見えた。

ただの肉と皮の塊を見ているように淡々と、彼はいつもその目で人を見ていた。

パトリックはこの人が笑ったり、軽口を叩くところを見たことがない。彼は人の輪から常に距離を置いて、いつもしんとした冷静な瞳で、ただ、人を癒した。

一瞬オズホーンが『?』という顔をしたのに気づいた。やっぱりなあ、とパトリックは思った。この人は自分になど興味がないのだ。だから顔も覚えてもらえてない。

「中央癒院で三年ご一緒させていただいておりました、六級癒師パトリック＝ハリンです」

「ああ、君か。優秀な人間がいて助かる」

ぎょっと目を見張ったパトリックを置いて、オズホーンは、チャキ、チャキと音を立てて、魔法水の入った細長いビンを服の内側に通した革ベルトに仕込む。

「君はいつ着いた」

「二日前です」

「現状は」

「まだ様子見ですね、お互いに」

「士気は」

「今日先輩が来たので、うなぎのぼりです」

「なぜ」

「『静寂のオズホーン』ですから、そりゃあそうですよ」

誰が言い出したのか、詠唱をせず、音も立てずに人を癒すこの人は、そう呼ばれている。

一～三級の癒師は知識実力に加え実績が必要なため、高齢な人が多い。まだ二〇代前半でそのなかにありながら、皆が認めざるを得ない実力者である彼は、『しんどいことは若者に』と老獪《ろうかい》な年寄りたちにうまい具合に使われてしまっている。三級以上の癒師が必要な現場に、よく行かされてしまうのだ。

本人が文句も言わずに淡々と行き、当たり前のように治し淡々と帰るから、ますます声がかかってしまう。

『怖くありませんか』と聞いたことがある。

『特に。やることは同じだ』と表情を変えずに彼は答えた。

「戦闘班には挨拶をしてきた。大きな斧の男性に」

「ああ、大斧遣いのグスタフ＝ヘッグ。あの人も苦労人ですよね。冒険者のわりに考え方が役人的で、真面目で国に逆らわないから、いっつもクエストを指名で受ける羽目になって」

「強いのか」

「と、いうよりうまいかな。見かけのわりに慎重でよく人を見るから、彼がまとめると大きな被害が出ないんですよ」

「それはありがたい」

「やあやあこれはこれは、若き天才クルト＝オズホーン師」

話している最中なのにもかかわらず後ろから歌うようなバリトンの声がかかって、パトリックは『振り向きたくないなあ』と思った。

到着して二日。初対面だったこのバッカス＝エーマン四級癒師が、パトリックはすでに嫌いだった。なんというか存在が、場違いな人なのである。

癒師の待機場所として、土魔法が使える魔術師がこの屋根のある家のような囲いを作ってくれた。普段癒術以外の魔術を見ることが少ないので、目の前でバッタンバッタンと組みあがっていくそれをパトリックは『おお～』と思って見ていたが、バッカス師は鼻をハンカチで覆い、わざとらしいくしゃみを繰り返した。

夕飯のときも、冒険者たちよりよほど豪華なものを出されながら、くっちゃくっちゃと嫌そうに、ときどきおえっとえずきながらそれらを食べた。体を流すときも、眠るときも同様。

いつも場違い。なんとなく嫌なやつ。

表立って文句を言わないだけまだましなのかもしれないが、普通に嫌いだなあ、とパトリックは思っている。この二日間嫌いな人と二人っきりだったため、来たのがこのオズホーン先輩でも、パトリックは大分ほっとした。

「とっとと終わってほしいものだね。こんなところ上品な私は耐えられない。ちょっと戦闘班に、早めに片づけるよう策を練れと命令してこよう」

「今回癒師班の責任者は私であり、戦闘班とはすでに先ほど今後の方針について確認しています。命令系統と作戦の混乱を招きますので控えてください」

「私は君の先輩だったような気がするが？」

「癒師班の責任者は国が決めており、今回は私です。この任務に当たる限りは私の指示に従っていただきます。バッカス＝エーマン四級癒師」

オズホーンにきっぱりと言われ、バッカスは黙った。癒師としての力は、すでにその胸のプレートで明らかなのだ。

「承知いたしました。クルト＝オズホーン三級癒師」

バッカスは土煙を上げて進み、椅子に大きな音を立てて座った。

オズホーンの表情に変化はなかった。


うまくいけば三日で終わるはずの任務が、すでに半月経っていた。冒険者たちは皆ヘロヘロに疲れ果てている。

何度か怪我人は出たが、今のところ誰も死んでいない。オズホーンがすべて、きれいに治してしまうからだ。

『いっそ死にてぇ……』

誰かの呟きが、哀れだった。

それでも冒険者というのは元気なもので、大声を上げて仲間同士で鼓舞し合い、誰かが傷つけばパーティの垣根を越えて助け合い、うまくいけば喜び、いかなければ反省し、どんどん次へ次へと進もうとする。

癒師の、なんというかストイックというか、緊迫した関係に慣らされていたパトリックにとって、それは非常に新鮮だった。

「今日は天気が悪そうですね」

外に出て空を見上げているオズホーンに、パトリックは声をかけた。

「みんなに頑張ってもらっててなんだけど、早く帰りたいなあ」

言ってから、そういえば彼は怖くないのだったと思い出した。

「そうだな」

なので、そう続いたオズホーンの声にびっくりした。

「おれも帰りたい」

感情のないはずの夜のような瞳が、どこか遠くにある光を見るように、揺れた。


ある夜。

水浴びを終えて癒師用のテントに入ったパトリックは、オズホーンが何か白い布を手に取りじっと眺めていることに気がついた。

「何かありましたか?」

あまりに真剣に眺めているので作戦に関わる何かかと思い声をかけると、珍しく彼が動揺し、さっとそれを隠した。

なんかまずいもの見ちゃっただろうかとオロオロしているパトリックを、彼はじっと見ている。

「すいません」

「謝らなくていい」

少し迷うようにしてから、彼は隠したものを取り出した。

「……亀？」

白いハンカチの上に、ぽっちりと、緑色の亀がいる。

はっとパトリックはオズホーンの胸元を見た。中央癒院にいた頃はそのままの形だった彼の認識票が、ぱきんと折れ欠けている。

「……婚約者さんすか」

「いや。知人の女性だ」

「知人の女性って……普通刺繍したハンカチなんかくれませんよ、知人の女性は」

「そうなのか。長寿のお守りだそうだ」

「心がこもってるなあ」

「そうだろうか」

「縫い方がすごく丁寧すよ。あとなんていうか、顔が優しいです。この亀」

「……そうかもしれない」

ぽちんとした亀を彼は見て、彼はわずかに優しい顔になった。

ああ、とパトリックは思った。

心がないのではないかと思っていた。

違った。ちゃんとあった。誰も気づかなかっただけだ。

帰りたい。

切ない顔でそう思える場所が、今、この人の心の中にもあるのだ。

『静寂の』

『若き天才癒師』

『孤高の変人』

それらがパトリックの中で、ただの少し年上なだけの、クルト＝オズホーンという男に姿を変えた。

普段なら絶対に言わないだろう軽口が、ぽろりと零れた。

「先輩、実は俺これが終わったら結婚するんす」

「それは言ってはいけないらしいぞ。うらやましいことだ」

うひひと照れてパトリックは笑った。

「幼馴染なんです、彼女。癒師になる前からずっと付き合ってて。俺、すごい好きなんです」

「うらやましい」

「ちゃんと言ったほうがいいですよ」

「何を」

「気持ちを。女の子って言葉にしないとすぐ怒るから」

「……そうか」

彼は亀をじっと見た。

「先輩の認識票」

「うん？」

「婚約者さんが持ってるんすか？」

「知人の女性だ。預かってくれている」

「知人の女性は普通、認識票なんか受け取りません。命そのものじゃないですか」

「……騙し討ちのような真似をした。彼女は意味を知らない」

癒師の認識票の片割れを持つのは、家族か妻、婚約者の仕事だ。

未婚の癒師が女性に対しそれを『持っていてくれ』と言うのは、ほとんどプロポーズに等しい。

「でも受け取ってくれたんでしょう。首に下げてくれてるといいっすね。そしたら絶対その子、先輩のこと好きじゃないすか」

「彼女は皮膚に炎症がある。引き出しか何かに入れているはずだ」

「身に着けてたら？」

「……とても嬉しい」

胸元の欠けた認識表を無意識のように押さえ、彼はわずかに笑った。そこの片割れを持つ遠くにいる誰かを想い、優しく。


そんな日の情景をパトリックは思い出していた。血まみれのオズホーンを見ながら。

ドラゴンが吠え、岩に手当たり次第に体当たりし、大小さまざまな塊を吹き飛ばした。

何人もの冒険者が怪我をし、なんとかオズホーンに癒してもらおうと肩を支え合って待機所まで引き返したのだ。

もはや黒髪の癒師は、このクエストの精神的支柱だった。

あそこに行けば治る。多少の無理も、無茶も、あの人がいるから大丈夫だと。

口には出さない。だが確実にその頼もしい存在を背中に意識して、冒険者たちは勇敢に戦っていた。

その支柱は今、大きな岩につぶされて、自らの血にまみれている。

その横で腰を抜かした四級癒師が、顔面蒼白《そうはく》でその肩に手をかざしている。

「天と地の創造の力を我願わん。傷ついた戦士に愛の祝福を……」

「おい」

ぶつぶつと狂ったように詠唱している四級癒師にパトリックは歩み寄った。

「天と地の創造の力……」

「なんで肩を治してる。初めにちぎれてる血管をつないで止血して、すぐに背骨だろうがどう見ても！」

バンと肩をつかめば声が止まり、涙でぐしゃぐしゃになった男の目がパトリックを見た。

「私は血が苦手なんだ！」

口から唾を飛ばし、髪を振り乱して男は叫ぶ。

「体の中を、切り開かずに時間をかけて治すのが得意なんだ！　そもそも私はこんな野蛮な場所にいるような人間ではないんだ！　くさい、汚い、砂だらけ！　つぶれた肉で血まみれだ！　こんな場所私にふさわしくない！」

「じゃあ引っ込んでろ出てくんな！　任務断れよ！」

「出世に響くんだよ！　命令に背けば！」

何言ってんだこいつ。

頭に血が沸くように上りかけた。

が、それは今することでない、と、パトリックの中にいる誰かが冷静に言った。

どんなときでも揺れない夜のような漆黒の目を、横で三年も見てきたのだ。パトリックの中に、すでに彼の一部がいる。

「岩をどけてくれ！」

パトリックは冒険者たちに叫んだ。傷ついたねじりパンツ一丁のスモウレスラーたちが己の怪我を厭《いと》わず、力いっぱいの張り手で黒髪の癒師にのしかかる岩をどかす。

オズホーンの体にパトリックは手をかざす。

出血が多い。

自分の今の力では、すべては癒せない。

最優先はどこだ。

まずは血を止めまっすぐにそこだけを、丁寧に癒す。そうすれば。

「保管庫から魔法水をあるだけ持ってきてくれ！」

叫ぶ。忍者が風のように走る。

「澄みわたる生命の水よ、失われた彼《か》のものの新しき力とならん！」

詠唱した。

血が止まった。

こんなにも正確に早く、治したいものを治したのは初めてだった。

ここだと思った。

ここしかないと思った。

いつも彼が見ているだろう世界の一部を、パトリックは今、初めて、見た。

そこはとても暗くて、とても眩しく。

とても、ひとりぼっちだった。

「澄みわたる生命の水よ、失われた彼のものの新しき力とならん」

背骨とその中の髄。ここさえ正確に、確実に、丁寧につなげられればいい。

そうしたらこの人は。

普通の人間には絶対ありえないことだがこの人は。

この人ならば。

「澄みわたる生命の水よ、失われた彼のものの新しき力とならん！」

きっと己の手で己を癒し、立ち上がり、揺れない夜の闇となり傷つく者たちを癒す。

忍者に魔法水をがぶがぶ飲ませてもらいながら、何度も何度もパトリックは繰り返した。

迷わない。揺れない。いつも彼が、人にそうするように。

そして。

「礼を言う、パトリック＝ハリン六級癒師。魔法水をくれ」

指が動き、唇が動き、自らの力で音なく自らのちぎれた組織と肉をつなぎ、彼は立ち上がった。

一口で魔法水を飲み下し、真っ赤に染まった袖で顎を拭った。

「怪我の重いものから並べ。順番に治してやる」

赤に染まった白色のマントが翻る。漆黒の瞳が、今はわずかな怒りのようなものに燃え、戦場を見据える。

「いくらでも治す。……だから戦え。もういいかげん、早く！　おれを帰らせろ！」

わっと冒険者たちが沸いた。

「オズホーンが帰りたいそうだ！　期待に応えろ野郎ども！　今日、今、ここで決めるぞ！」

グスタフ＝ヘッグの野太く大きな声が響く。

わあ、わあと、冒険者たちの明るい声が響いていた。

「……あっち行かないんすか」

クエスト成功を祝う冒険者たちが酒盛りをしている。そこから離れた暗いところに、彼はぽつんといた。

「おれがいたら話が止まる。せっかく盛り上がっているのに気の毒だろう」

「……静寂、自覚あったんだ」

「何か」

「いいえ」

パトリックは彼の横に歩み寄った。

彼の手には、血まみれになったあのハンカチがあった。

「……汚れちゃいましたね」

「血は落ちない。とても困っている」

「怒る人じゃないでしょう」

「ああ。でもこれを見たらきっと泣く。おれは彼女を泣かせたくない」

心のない人。いつでも冷たいほど冷静だと思っていた先輩は、今や濡れた犬のようにしょんぼりとしている。わずかに。

こういうところをもっと人に見せられれば、きっと周りの見る目も違うのに、と、パトリックは残念な気持ちになった。

「また中央に戻ったらビシバシしごいてください。俺頑張りますから」

「早く級を上げてくれパトリック＝ハリン。君は見極めがシンプルで的確。優先すべきものと己の技量をよくわきまえており、やることが順序良く常に丁寧だ。君が横にいてくれるとおれはとても助かる」

「……はい」

この人はいつも真実しか言わない。パトリックは頬を染めて笑った。

じいさんをさがせ

オズホーンの腕を振り払ってからの数日間。

ソフィはサロンのソファで、ぼんやりと本を読んでいた。

否、本を抱えていた。読んでも読んでも内容が少しも頭に入ってこないのだ。

『あなたが好きです、ソフィ嬢』

熱い声が何度も耳に蘇り、そのたびに溢れそうになる涙を飲み込んだ。

自らその手を振り払ったくせに。いつものあの四角い声が、扉の先から聞こえないかと耳を澄ませている自分が悲しく、情けない。

と、急に扉の向こうが騒がしくなった。

「マーサ？　クレア？　どうしたの？」

「ソフィ――!!!」

あの声は。

「イザドラさん!?」

顔を真っ赤にした、かのダンサーが、腰に巻きつくマーサを引きずり走り込んできた。今日はアル君はくっついていない。

「ソフィ、見つかった！　見つかったよ！」

がっしと手を握られる。

「触ると汚れるわイザドラさん。どうしたの？　何が見つかったの？」

椅子を勧めようとしたソフィは、続くイザドラの言葉に固まった。

「あんたを治せる人！」

はぁはぁと息をしながら、汗を浮かべて輝くばかりの生命力あるダンサーは叫ぶ。

「治せる人だよソフィ！　あんた治るんだよ！」

そうして彼女は語り出した。

今日は珍しく昼の仕事が入っていた。

『脱がない踊り』をするダンサーであることを街のあちこちにある掲示板に広告を張って（字は知り合いに書いてもらった）宣伝していたがほとんど反響はなく、夜の仕事で稼ぎながら気長にやってくしかないかなと思っていたところに、とあるパーティーの余興として検討しているから一度踊りを見せてほしいとの文が届いた。

会って話して踊ってみせて、結果はまだわからないが、なかなかいい反応をもらえたような気がしてほくほくしながら帰る途中だった。

「アル君はどうなさったの？」

「隣のばばぁが見てくれてる」

「まあ」

ぱあっと顔を明るくするソフィに、イザドラは笑った。

「あんたの言ってくれたのをやったんだ。あいさつ、無視されたけど頑張ったよ。で、こないだアルが泣いたとき、叫んでみた。バタバタバタッてばばぁが五人来たよ。五人。多いだろ？　来すぎだよ！」

「まあ！」

よかった。

よかった。もうイザドラは、扉の閉まった部屋に二人きりではないのだ。

「本当によかったわ……」

涙ぐむソフィを、イザドラは優しく見つめた。

「ええとなんだっけそれで、帰り道に知り合いの女スリに会って」

「肩書がアンダーグラウンドだわ」

「なんか気が合うんだよね、それで」

ちょっとお茶でもしようかと店に入り、なんとなく流れでソフィのサロンの話になった。

ソフィの病の様子を伝えたところ友人が、『アタシ、それ知ってるかも』と言い出した。

そうして彼女が語るには。

ちょうど一年ほど前のこと。彼女が仕事の縄張りにしている場所の一角に、子どもの物乞いが座るようになった。

まだ子どもなのにどうしたことだろうと、顔を覗き込んでぎょっとした。茶色い奇妙なぼこぼこの肌。ところどころひび割れ妙な色のねばねばする液を垂れ流し、まるで人のものとは思えないような顔をしている。

きっとこの変な病気のせいで親に捨てられたのだろう、と彼女は思った。かわいそうにとは思うも、してやれることなど何もない。こっちだって生きていくのが精いっぱいの裏稼業なのだ。なんとなく気にしてたまに様子を見たり、成果があった日にパンを置いてやったりする、野良猫にする程度の親切を気が向いたときだけやっていた。

「いい人ね」

「スリだけどね」

そんなある日。少女の正面に、痩せたじいさんがしゃがんでいた。

変な性癖を持つエロじじいならぶんなぐってやらなきゃと思い、こっそり近づき身を隠した。

『うん、うん、ここが曲がっとる』

じいさんは女の子の頭の上の何もないところを触っている。

『大変だったの、小さいのに、よく頑張った。お前も切なかったなあ、今治してやるからな』

じいさんの指にぐっと力が入ったのがわかった。

『ポキッと』

じいさんが口で言った。

何がポキッとなのかわからなかった。じいさんがつかんでいるのは空気なのだ。

『良し、良しこれで良し。ひと月もすれば病んだ皮が剝がれてきれいになる。治ったらこんなところにいないで、孤児院に行きなさい。もう誰もお前さんをいじめたりせんよ。お前さんはまだ小さいんだ。一五歳になればきっと魔術の才が見いだされよう。辛い経験を恨みに変えず、精進し、正しく人のために使うのだよ。じいさんとの約束だ』

そう言って、脇に置いていた大きな荷物をよっこいしょと背負い直し、帽子を被り、杖をつき、じいさんはえっちらおっちらと去っていった。

ただの頭のぼけたじいさんだったかとそのときは思ったが、日に日に女の子の顔からかさぶたが剝がれるようにあの奇妙なぼこぼこが減っていき、一月後にはツルツルの、どこにでもいるような可愛い少女になったという。

孤児院に入りたいけど場所がわからないと泣く少女を、悪態をつきながら近くの孤児院まで引っ張っていってやったというのだから、実に面倒見のいい女スリである。

「ねえ！　そのじいさん捜そうよソフィ！　あたし手伝うから！」

頬を染めてイザドラが言う。ぐっとソフィは言葉に詰まった。

「ソフィ？」

イザドラが怪訝な顔をする。

「でも……その方がどこの誰かもわからないのだし……そもそも同じ病気だったかのかもわからないのだし……」

「……どうしちゃったんだよ……」

イザドラがポカーンとしている。

「あんたなら『今すぐ捜しに行きますわよ！』とか言うと思って、あたし、早く知らせなきゃと思って走ってきたんだよ。きっと喜ぶと思って。なんだよその弱気、あんたらしくないじゃないか」

「……ごめんなさい」

ぽろりと涙が零れた。

「ソフィ……？」

「わたくし、なんだかおかしいの。近頃急に、心が、弱くなってしまって。……あなたにあんなにえらそうにものを言っておきながら恥ずかしい。……ごめんなさい」

目をハンカチで押さえるソフィをジーッと見て、ははん、とイザドラは笑った。

「好きな男ができたんだろ」

「……」

なんだろう。イザドラに言われると、なんだかとても悔しい。

鬼の首をとったようにイザドラが笑う。そしてゆらゆら揺れる。

「あ～あソフィも女になっちゃったねぇ。『アナタが好き、でもあたくしこんな顔なの、勇気が出ないの。ああ、いや、いや、駄目よ、ご無体な、およしになって～』」

歌うように言いながらくねくねと踊る。あながち外れていないのが非常に悔しい。

ピタとイザドラは動きを止めた。

「だったらなおのことだろ。きれいになりたいんだろ？　きれいになったとこそいつに見せたいんだろ？　黙ってたって治んないんだから今やれることとしようよ。今日はアルもいないし、あたし手伝うから」

「ダメだったら？」

「なんであたしがそこまで考えなきゃいけないんだよ」

キョトンとされた。

それもそうだと思った。

「よし行こう！」

そうして二人は街に出た。


「じいさんですか」

「ウン、こういう髭があって、こういう変な帽子で、蛇のついた杖をついて、でかい木の箱と布袋をしょってるんだって」

さらさらとイザドラが砂に絵を描いた。意外にうまくて驚いた。

ふんふんとそれを見ている亜人の黒い耳が兜から出てぴょこぴょこしているのをソフィは見た。

「クロ様、お耳が出せるようになりましたのね」

クロは照れたように頭に手をやった。

「勲章は出ませんでしたが兜に穴が開きました。おかげで蒸れもせず、よく音が聞こえるようになりました」

「よかったわ」

うふふとソフィは笑った。

和やかに見つめ合ってから、キリ、とクロがとてもかっこいい顔をする。

「毎年一〇日間ほど、この街に滞在する流しの薬売りのじいさんですな」

「わかるの⁉」

「あの薬臭さ、この独特な杖と帽子はなかなか忘れられるものではありません。ソフィ殿」

「はい」

「この者は三日前にこの門をくぐっております。残りは七日。早急にお捜しになるべきだ」


「早急に捜すったってねえ」

とりあえず、人通りの多い広場を歩む。街の中央だから、どこに行くにしたってここを通ることになる。

人が多い。どこかもっと高いところから捜せないかしらと足を止めて見回してみる。

「あら？」

塔のような高い建物の上。おーいおーいと誰かが手を振っている。ひょろりとした細身の男性だ。

何人か同じ茶色の服を着た人たちがいて、その中の一人がこちらを見て身を乗り出すようにしている。落ちやしないかと見てるほうがヒヤヒヤする。

慌ててその建物の下に歩み寄る。長い長い螺旋《らせん》階段を滑り下りるように、男の子が駆け下りてきた。白い肌、くるんくるんのもじゃもじゃ髪。分厚い眼鏡。

「ソフィさん！　お久しぶりです！」

「クリストファー様！」

階段を下り切り彼はソフィの前で足を止めた。少し息を荒くして、汗を拭う。そこにぴくぴくして今にも飛び上がりそうだったあの日の怯えはない。茶色い制服に身を包み、頬を染め、嬉しそうに笑っている。記憶よりも少し日に焼けた、元気そうな明るい顔に、ソフィの胸がじんとする。

「……こんなに大きくなって……」

「ちょっとだけ背が伸びました。重いもの持って毎日あっちこっちに行くからおなかが減って、食べても食べても足りなくて」

「そう。楽しそうで、何よりです」

もう、なでなでさせてくれるような雰囲気ではない。すっかり立派な男の子だ。手に大きな金属の筒のようなものを持っている。

「こちらは？」

「星を見る道具です。しまった！　持ってきちゃった」

「ク～リ～ス～！　急に持ってくなって」

「今記録つけてたのに！」

「ごめん」

後ろから男の子がもう二人。背の小さな子と、少し丸い子。赤毛と金髪で、皆、もじゃ、もじゃ、もじゃ。手にペンと紙、クリストファーが持っているのと同じようでサイズの違う筒。手に持つ紙の上には方位と、点と、線。ソフィはぴんときた。

「……星の？」

「はい。憧れの研究室に入れました」

にこっと嬉しそうに笑うクリストファーを見てから、はっとソフィはベールを押さえて一歩身を引いた。お友達の前でソフィのようなのと話したら、せっかくの新しいお友達に彼が何か言われてしまうかもしれない。慌てて二人を見るも、彼らは手元の紙のことで何か手いっぱいらしく、ソフィの様子を気にするそぶりも見せない。クリストファーが顔を上げてソフィを見た。

「昼間の星を観察する課題なんです。三日目だけど、まだ全然。ソフィさんはお出かけですか？」

「人捜しを。……あの、この方に見覚えはありませんか？」

イザドラがささっと地面におじいさんを描く。皆がわいわいと覗き込み、太っちょの子が『あっ』と言った。

「僕見た！」

「え？　ずっと上を見てたのに？」

「さてはまた、きれいなお姉さんを探してただろう！」

太っちょ君が斜め上を見てあまり音の出ていない口笛を吹く。

「やだなあ偶然だよ。ちらっと見えて、変な杖だなあって思ったんだ。きのうの夕方、暗くなる前に南の宿屋街のほうに行ったよ」

「……」

「……」

ソフィはイザドラと目を合わせ、頷いた。

「ありがと！　あんた将来いい男になるよ！」

「ええ、きっとモテモテです！　ありがとうございます！」

「やっぱり？」

二人は走った。


走る、走る。イザドラが早すぎて、ソフィはヒーヒー言った。

「ソフィ様！」

イザドラにちょっと待ってもらって道の端でヒーヒーしていると後ろからそんな声がかかり、ソフィは振り向いた。

「あら」

野菜がたくさん積まれたお店の前で、おーいおーいと六〇代くらいの男性が手を振っている。

「ヤオラさんの！」

いつぞやサロンに訪れた、ヤオラの息子さんである。彼が背負うお店の、立派で親しみやすい店構えに、ふんわりと胸があたたかくなった。

男性が包丁を持ったまま駆け寄ってくる。ちょっと怖い。

「先日はありがとうございました。どうしたんです大丈夫ですか？　瓜《うり》食いますか？」

「ありがとうございます。では、お言葉に甘えて」

「はいよ！」

目の前でバスッと切られた甘い瓜に一瞬ウィリアムの最期を連想したが、渇きには勝てず口に運んだ。

甘さと水分が沁《し》みて沁みて、泣きそうになった。結構甘いねとイザドラが種をぷっぷしている。

「どちらにお急ぎです」

「ちょっと宿屋街に」

「こっからじゃあ結構ありますよ。ああ、もしよければ」


「舌噛まないよう、歯ぁ食いしばってくださいお嬢さん方！」

「あがががががが」

「お嬢さんだって！　あんたいい男だねぇ！」

すらりと背の高い男——ヤオラのひ孫が威勢のいい声を上げながら、走る走る。

石だらけの道を、いつか彼らがサロンに引きずってきた野菜用の荷車が走る。

その上でガタガタとソフィは上下していた。イザドラは手すりにつかまって身を乗り出し、楽しげに声を上げている。

「右に曲がりまーす！」

「あー！　ががが」

「イエーイ！」

「左に曲がりまああっす！」

「あー！　がががががが」

「ヒュー！　いやっほーい！」

そうして宿屋街に到着した。

「ソフィさん？　どうなさったの？」

「お仕事中ごめんなさいリリーさん、おええ」

えずくソフィをリリーは優しく椅子に座らせ、背を撫でてくれた。

「あなた様は？」

「ダンサーのイザドラ。ソフィに腹の線を消してもらったんだ」

リリーの顔が納得に変わった。

「ソフィさんの元同級生でこの宿の娘のリリーと申します。わたくしはソフィさんに顔の火傷を治してもらいました」

二人に見えない連帯感が生まれたのがわかった。

乗り物酔いでグールグルのソフィに代わり、事情をイザドラが説明する。

リリーが持ってきた紙にイザドラがまたさらさらと絵を描いた。やっぱりうまい。

出来上がったものをリリーが手早く取り上げ、乾く前のインクが重ならないよう並べてさっと重しをのせ、次の紙をイザドラの前に置く。その手際が実にいい。

「あと一〇枚、可能でしたら一五枚、同じものお描きいただけますか？」

「いいよ。あんたきれいだねえ」

「イザドラ様も、お美しいわ」

リリーが出してくれた清涼感のある茶のおかげでようやく吐き気が治まったソフィに、リリーが向き直る。

「ソフィさん」

「はい」

　ぴんと伸びた姿勢が美しい。思わずソフィもぴんと背を伸ばした。

「ご事情はわかりました。ですが我々宿を営む者は、お泊まりのお客様の情報をよそに流すことはいたしません。お客様との信頼関係は、宿の宝でございます」

　きり、とした瞳がきれいだった。

「はい」

「ですのでこの絵をもとに、ここ一帯の宿屋をわたくしと家族で回り協力を求めます。お泊まりかどうかをお伺いするのではなく、捜している者がいることを伝えていただき、もしご協力いただけるのであればご本人からわたくしにご連絡をいただくやり方とさせていただきます。よろしいでしょうか」

「もちろんです」

「ありがとう。ご連絡があればわたくしどもがこの方をサロンにお連れします。ただ待つのはお辛いとは思いますが、信じ、待っていていただけますか」

　リリーがソフィを見つめた。その淡い色の瞳の奥が、めらめらと燃えているのがわかった。

「リリーさん、この宿屋街にお泊まりという確約はないのよ、そんなに気負わないで」

「気負っておりません。燃えているのです」

「そんなに燃えなくていいのよ」

「いいえ。きっと私の家族も燃えましょう。一同、あなたには」

　つうと一粒、リリーの目から涙が落ちた。

「いつか、ご恩を返したい。ずっとそう思っていたのです。どうかやらせてくださいソフィさん。

この街でこれを成すのに、我々ほど適したものはおりません」

「リリーさん……」

じっと彼女を見つめているうち、ソフィの目からも一粒、オレンジ色の涙が溢れた。あの日の夕暮れの教室のように。


「暇だよう」

「はしたない。そんなに足を出してはいけません」

「あたしにそれ言ってもしょうがないよ。おっぱい出して踊ってるんだよ」

「それもそうね」

ソファに寝っ転がったイザドラがヒマヒマしている。

おじいさん捜しを始めて二日目。昨日に続きイザドラがソフィのサロンに入り浸っている。

今日連れてきたアル君は、またシェルロッタに優しく取り上げられた。

事情を聞いた母は、『そう』と穏やかに言った。

『見つかるといいわね』

それ以外言葉を足さずに、アル君をよしよししていた。

「ソフィ、なんかお話してよう。暇だよう」

お話しないと踊っちゃうぞとイザドラが脅すので、ソフィは考えた。

お話。

誰かに。

誰かにずっと聞いてほしかった、ソフィの話。

「イザドラさん」

「ん？」

「聞いていていただける？」

そうしてソフィは語り出した。


生まれてからずっとこの見た目だったこと。

学園で起きたこと。

マティアス医師に恋をしたこと。

一度は死のうとしたこと。

突然自らに蘇った、『まり子《こ》』の記憶。

それが自分に与えた影響。『まり子』の記憶がくれた強さが、ここにきて急に、弱くなっている気がすること。

ぱりんぱりんとお菓子を食べながら、遮ることもなく彼女なりにとても真剣に、イザドラは聞いていた。

「じゃあ、前にあたしに言ってくれてたのって」

「ええ、『まり子』の記憶の知識なの。ズルをしたみたいでごめんなさい」

「フーン」

イザドラがじっと菓子の粉を見ながら何やら考えた。

「別にズルじゃないと思う。そっかぁ、だからなんかババ臭いんだね、ソフィは」

「ひどいわ」

「でもさぁ、関係ないじゃん」

「え？」

イザドラは首をひねっている。

「『マリーカゥ』は病気で死んで、もう終わってて、ここにいるのはソフィだろ？」

「……ええ」

『まり子』は発音しにくいようで、ちょっとなまった。

「あのきれいなお母さんが頑張って産んで、おっぱいあげて、お父さんと可愛がって育てたソフィでしょ？　一七歳でしょ？　生まれる前に別の人だったってのはよくわかんないけど、あんた以外もみんなそうかもしれないじゃん、覚えてないだけで。この街に生まれて大きくなって、一生懸命勉強して、怖い婆さんに礼儀を習ったのはあんた。サロンを開いてみんなを助けてるのもソフィ。関係ないじゃん。男に惚れて気持ちが弱くなるのなんて当たり前だよ。女の子なんだから」

あたしなんか間違ってる？　とまた首をひねった。

「……間違ってないわ」

「だからさ、そんなことより聞かせてよあんたの男の話」

今度は興味津々の瞳で身を乗り出した。

そんなこと、もう関係ないじゃん。

そうやってばっさり切り捨ててくれるイザドラだからこそ、ソフィはこの話をできたのかもしれない。

「……わたくしのじゃないわ」

「ねえどんな男？　見た目は？」

さらに身を乗り出してイザドラが尋ねる。

「お背が高くて、きれいな黒髪で、……とても整ったお顔をしていらっしゃるわ」

先日頬が触れるほど目の前で見た男の顔が蘇る。

「何やってる人？　歳は？」

「癒師で、きっと二〇代の前半だと思う」

いいじゃん！　とイザドラが膝を叩いて言った。

男の年齢も知らないことに、ソフィは今更気づいた。

「どこで会ったの？　どんな話するの？」

「お仕事でサロンに来たの。……本のお話とか、あとは何かしら」

よく考えてみると、そう何度も会話を交わしたわけではない。

ちょっとした軽口を交わし、互いの魔術をかけ合って、ただ少し、ほんの少し互いの時間を共有しただけだ。

「会う約束するの？」

「いいえ、本をお貸しして、それをあの方が返しにいらして」

「そんなの口実だよ。あんたに会いたいだけだろ」

「……そんなことないわ、本当に本がお好きなの」

「じゃあ両方好きなんだ。あんたは？　いつからそいつを好きなの？」

聞かれ、言葉に詰まった。

いつから。

いったい、いつからだっただろう。

彼はある日突然、前触れも文もなく、無遠慮に訪れた。

いつも真面目な顔で、率直すぎる無神経な言葉で、ソフィの気持ちなどお構いなしに、いつもいつもソフィの心を揺さぶった。

ソフィが強くあるために一生懸命に押し込めて隠して蓋しているものを、遠慮もためらいもなく当たり前のように開けて、光の中に引きずり出した。

初めからなんとなく憎たらしくて、なんとなく腹が立つ。

その声と、その顔が、今度はいつ扉の先から現れるだろうと、心待ちにするようになったのはいつからだろう。

この場所に帰ってきてほしいと思った。

傷ついた背中を撫でたいと思った。

漆黒の目で見つめられることが、その腕に抱かれることが、耳元で聞く彼の声が熱く掠れていることが震えるほどに嬉しいと思った。

それは、雷のように訪れるという。

それはしんしんと降り積もるという。

ソフィのものはどちらだったのだろう。

いつからだったのだろう。

わからない。

それでもいつの間にか、ソフィの心の中にはもう、彼に座っていてほしい椅子が置いてある。

「……告白された？」

『あなたが好きです、ソフィ嬢』

あれが告白でなくてなんであろう。カーッと顔を赤くしたソフィを、イザドラが覗き込む。

「されたんだ！　すんごいなそいつ！　なんて答えた？」

「……あなたを、汚したくないって」

「は？」

「……わたしのせいであなたが笑われたり、傷ついたりするのが嫌って」

「はあ？」

「あなたに化物を見る目で見られたら死ぬって」

言いながら、己の吐いた言葉を噛みしめる。

ぽろぽろぽろ、と涙が出た。

そう、ソフィはそう言ったのだ。真剣な言葉をくれたあの人に。

「帰って頭を冷やしてくれって、追い返したの」

「馬っ鹿じゃないの!?」

言葉とともにばすんとクッションが飛んできた。

「馬鹿なの」

ぽすんと投げ返した。

「馬ー鹿！」

またばすんと飛んできた。

「そうなの、馬鹿なの！」

投げ返そうとして手が止まり、ぎゅっとクッションを抱きしめた。

馬鹿だ。

馬鹿だ。どうしてあんなことを言ったのだろう。あんなにも恐れたのだろう。

欲しい言葉を、あの人はちゃんとソフィにくれたのに。

えーんとソフィは泣いた。

慌てて手を伸ばし、イザドラがソフィの背を撫でる。

「こわかったの。あの人が好きで、いつの間にか好きで、思っていたより好きで。いきなりで、びっくりして、怖くなったの！　この人から今までみたいに、嫌われたり、気持ち悪がられる日が来たらどうしようって、怖くて、怖くて耐えられなかったの！」

「……馬鹿だなぁ」

ぎゅっと抱かれた。

小さい子みたいによしよしされた。

そういえばイザドラはソフィよりもお姉さんなのであった。

「あんただけじゃない。みんなそうだよ。みんな怖いけど、好きな人のそばにいたいから勇気を出すんだよ。人の気持ちなんて簡単に変わっちゃうってわかってるのに。あんたの顔のこと、その人はなんて言ってるの？」

「……世界一、美しく思うって」

うわーとイザドラが照れたように額を押さえた。

「すごいこと言う男だね。うわー」

ああ恥ずかしいとぱたぱた自分をあおいでいる。

「ソフィは自分に自信が持てないんだ」

「持てるわけがないわ。ずっと汚くて変な汁が出てぼこぼこで茶色くて、みんなから嫌われて泥を投げられて初恋の人に婚約ドン引きされたのよ。あなただって最初『ひっ！』って言ったわ」

「ごめんよ。ソフィのことを知らなかっただけなんだ」

　イザドラが眉を下げた。もう一度ぎゅっとソフィを抱きしめる。

「汁がつくわ」

「拭けばいいじゃん。ごめんね。あんたがつらいってこと、あたし自分のことでいっぱいで、わかんなかったんだ。でももう知ってるよソフィ。それでもあんたがおせっかいで、優しくて、あったかいこと」

「……」

「リリーだっけ、あの子もソフィを好きそうだった。あの門番さんだって、学生さんだって、野菜屋さんだって、みんなあんたを心配して親切にしてくれたじゃないか」

「……」

「あんたのしたことが、みんなを助けて、助けられた人はあんたが好きになってるんだ。それはソフィがやったことだ。ソフィを好きな人はきっともっといっぱいいるはずだよ」

「でも……」

「でもって言うな」

　イザドラの目は真剣だった。小さい子どもに物事を教えるように、ソフィを見据える。

「人をもっと信用しなよソフィ。そんなガキばっかじゃない。バカばっかじゃない。辛いことがあった人は、人が辛いのがちゃんとわかるよ。それじゃあその男がかわいそうだよ。ソフィに嫌なことをしたのはそいつじゃないだろ。もっと信じてあげなよ」

イザドラの目にも涙があった。

『扉を開けろ』ってあんたが言ってくれたから、あたし開けられたんだ。ばばぁしか来なかったけど。でも、だからあたしはまた夢を見れてる。もう、きっと、絶対、アルを叩かない。あんたのおかげだよソフィ。あんただって、怖くったって、開けなきゃだめだよ。そいつは扉を叩いてるんだろう？　そいつのこと好きなんだろう？　入れてあげようよ」

ぽとりとまた涙が落ちた。

いつもまっすぐにソフィを見つめる漆黒の目は、いつも真面目で、優しかった。

いつでも目を逸らすことなくソフィを見つめ、まっすぐ誠実に、愛を伝えた。

それなのに。

「……追い返しちゃった」

ソフィは泣いた。

今更ながらに自分の行動の愚かさに気づき泣いた。

「謝りに行きなよ。急すぎてびっくりしちゃったけどホントはあたしも好きだよって言えばいいじゃん」

きっと喜ぶよとあっけらかんとイザドラは言う。

「……許してくれるかしら」

「大丈夫だと思うけどなあ。ってかそいつもちょっと馬鹿だろ。……なんつーかアレだねその男」

「なあに」

「急に白いスーツに薔薇一〇〇本持ってプロポーズしてくるタイプだ」

言いながら、ブッとイザドラが噴き出した。

「……そんなの喜劇を通り越して悲劇だわ」

涙を流しながらクスクスとソフィは笑った。

大昔の大流行、古い物語にしか出てこない愛のプロポーズ。この現代でそんなことをしたら、もはやそれは愛の道化師である。

自分で言ったことがおかしかったらしくあっはっはと笑いながら、やがて微笑みを目元にだけ残して、イザドラはソフィを撫でた。

「これが終わったら、治っても治らなくても、行きなよソフィ。もちろん治ればいいと思うけど、相手がいいって言うなら別に今のままでもいいじゃあないか。今度はあんたが勇気を出す番だ」

「……そうね」

オズホーンは勇気を出した。

ソフィを抱きしめまっすぐに愛を伝えた。

「……そうよね……」

そっと目を閉じる。ソフィが愛を伝えたら、彼は、喜んでくれるだろうか。

ソフィを許して、受け入れて、笑ってくれるだろうか。

治っても、治らなくても、許されても許されなくても。

扉を開けよう。

伝えに行こう。今度はソフィの番だ。

「ソフィさん！」

バターンと扉が開いた。

振り向けばリリー、知らない男性、二人を止めようとして引きずられるマーサ。

「お連れしたわソフィさん！　薬売りのガンポー様よ！」

リリーの横の男性――おそらく婚約者のトマルの背中に、しなびたきゅうりのようなおじいさんが背負われていた。

イザドラの描いた絵に、そっくりだった。


「ただいま！」

社員を引き連れて長旅から戻り、懐かしの我が家に入って元気に大きな声を出したこの屋敷の主人は、誰の出迎えもないことに首をひねった。

「ただいまー！　パパですよー！」

「ユーハン！」

なぜか赤子を抱いて現れた愛しい人に、ユーハンは相好を崩した。

「ああシェルロッタ、ただいま。お土産《みやげ》に素敵な布を買ってきたよ」

じゃーんと広げた布に見向きもせず、彼女はユーハンの腕を取った。ぐいぐいと引かれる。

「どうしたんだシェルロッタ、私に会えなくてそんなに寂しかったのか？　社員たちの前だぞ困るなぁ積極的だなぁ嬉しいなぁ」

「そんなものおしまいなさい。――ソフィが」

そんなもの扱いされた布を手にズルズルと引きずられる。

なんだなんだとざわめく男たちも続く。

「ソフィが治るかもしれないのです！　早くいらっしゃって！」

シェルロッタの美しい瞳には涙があった。

手から落ちた色鮮やかな布が空を切り裂いて舞う。

うおおおと謎の雄たけびを上げ、男たちは走り出した社長に続きソフィのサロンへと雪崩《なだ》れ込んだ。


ソフィのサロン。

息を詰め見守る男たちの前で、しなびたきゅうりのようなおじいさんが椅子に腰かけるソフィの前に手をかざす。

「フム」

「どうなんでいじじい」

「しっ」

おじいさんが手を動かす。

「フム」

「じれってえなあ！」

「うっせえ！」

おじいさんが手を動かす。

「フム」

「息してんのかじじい！」

「黙れ！」

息を詰める皆の前でおじいさん……薬売りのガンポー氏が口を開く。

「お嬢さん」

「はい」

緊張した面持ちで、ソフィはガンポー氏の言葉を待っている。

「魔力を持つ人間には、生まれつき体から何本か、ぽうぽうとマナを出す小さな煙突のような管が外向きに生えているのをご存じですか」

自分の額から、体から外へ、ガンポーは手を動かした。

「初耳です。不勉強で申し訳ございません」

よいよい、とガンポーは頷く。

「もう『見える』のは今となっては私くらい。魔術師は、魔術に対する防御力が常人よりも優れていることはご存じですな？　これは戦いに赴くべき業を持つ魔術師が少しでも生きられるよう、この管から出たマナが張った、護りの膜で表面を常に守られておるためです。しかしごく稀に、この管がどういうわけかくねり、くねりと毛のように曲がってそっくり返り、魔術師自身に突き刺さっていることがある。守るために生えたはずのものが主人を害す不思議。私はこれを『マナの逆さまつげ』と呼んでおります」

「わかりやすいわ！　それがあるとどうなるのでしょう」

「受ける体の性質によっても違いますが」

「はい」

ガンポー氏はソフィの顔に触れた。

「あなたの場合はこうなる。運のよいことだ」

「……」

呆然と、ソフィはガンポー氏を見ている。

「外に流れ出続けるはずのマナが逆流し、原液のまま再度流し込まれれば、本来取り込める量を超えたマナが体の中を巡ることとなる。そうなれば体のあちこちに無理が起こり、破れ、噴き出して、魔術師の体そのものを内から蝕《むしば》んでいきます。早死にする子どもの幾割かはこれです。あなたの皮は、あなたの命を守りたかったのだろう。必死で固くなりこの逆流から身を守った。岩のようになって跳ね返し、時に耐えきれず崩れ落ちながら、それでもまた固くなってあなたを守り続けたのです」

ガンポーの骨のような指が、空気を探る。

「なんとまあ、ぶっとい『逆さまつげ』だ。こんなものに長年さらされ続けながら、あなたの体の内側は全く蝕まれていない。何年も、何年も、守るために噴き出したマナとあなたの体は皮一枚の上で、入ろう、入れまいと戦い続けた。なんと切なく、不毛で、悲しくて、けなげな戦いであることか。どちらも主人を守るために、ただ必死だっただけなのだ」

いい子、いい子するようにガンポーは空気を撫でた。

「なあお前、『逆さまつげ』よ。お前とて、曲がって生まれたくはなかったろう？　大切な主人を害したくなどなかっただろう。ちゃんとほかの者たちのようにまっすぐに、この方の役に立ちたかったろうに。悲しいなあ、どうしてお前だけがこうなのだろう。どうか恨まないでやっておくれお嬢さん。こいつだって自分だけほかと違う形に生まれたことが、ずっと辛く、ずっと悲しく切なかったに違いないのです。自分で望んで、この形に生まれたわけではないのです」

ぽろりと涙が落ちた。

「……それは治せるのでしょうか」

「『逆さまつげ』をポキッと曲げてまっすぐにいたしますので、ちょっとチクッとします」

「……それだけ？」

「それだけです。『それだけ』をするほとんど唯一のものを、あなたは偶然か必然か、ここに引き寄せたのだ。ひと月もあれば古い皮膚が剥がれ、きれいになることでしょう」

「……わたくし」

ソフィの唇がわなないた。

「皮一枚なら治せますわ」

「それはよかった。では」

ガンポーが手をソフィの顎のあたりに伸ばし、高らかに叫んだ。


「ポキッ！」

愛の道化師

涙、涙の感動の場面に、その男は現れた。

「ソフィ嬢、失礼する！」

男は四角く高らかにそう言うと、長い足でサロンをずんずん進み、まっすぐにソフィに歩み寄り、膝をついた。

ひしめきざわめく人々も、彼には見えないのだろう。黒い瞳でじっとソフィだけを見上げている。

赤いきれいな薔薇の大きな花束が、ソフィの目の前に差し出された。

「クルト＝オズホーンが、ソフィ＝オルゾン様に希《こいねが》う。我、貴方に心奪われ、貴女との婚姻を望む男なり。私の認識票を生涯貴方に委ねたい。君の汁など気にしない。むしろたくさんつけてくれ。ソフィ様、どうか私の妻になってください」

「……」

「……」

「……」

海より深い沈黙がその場を支配した。

こんなにも人がいるのに、誰も言葉を発しない。

「……クルト＝オズホーン様」

海より深い沈黙をやわらかい声が破った。

「はい」

「お答えする前に二つほどお伺いしてもよろしいでしょうか」

「はい、なんなりと」

揺れのない黒曜石の目でオズホーンがソフィを見た。

「一つめ」

「はい」

「その格好でおうちからここまでいらっしゃったの？」

「はい」

大真面目に答える男は、大変古典的《クラシック》な、全身白のスーツを身に纏っていた。古い絵本から抜け出したかのような衣装が清潔感溢れる整った容姿に恐ろしく似合っているのが、実に痛々しい。

「二つめ」

「はい」

「わたくしを見て、何かお気づきにならない？」

「？」

じっとオズホーンがソフィを見た。

真剣に、よく見た。

「……髪を切った？」

「いいえ」

跪《ひざまず》く男に合わせ、ソフィがしゃがんだ。男の手を両手で取り、自らの頰に当てる。

それを若干嬉しそうな顔で見ていた男は、やがて眉を寄せ、はっとした顔になった。

「……皮膚の炎症が治ったのか！」

「ええ。つい先ほど」

男の手に触れるソフィの頬は赤ちゃんのように澄み切り、ツルツルのスベスベであった。

漆黒の瞳を見つめるソフィの目から溢れた涙が、オズホーンの指を濡らす。思わず拭った男の指に、もう変な汁はつかない。

きらきらと透明のまま宝石のように男の指を伝い、落ちていく。

「ソフィ嬢……」

真面目な顔でじっと、オズホーンがソフィを見ている。

「うわなにあいつ、ダッセェ！」

ソフィとオズホーン以外が静まり返っているその場に、明るい声が響いた。

屈強な男どもに遮られ今までオズホーンの姿が見えなかったのだろう新人ヨタが、背伸びしてようやく見えたオズホーンに向けて脊髄反射的に放った、無邪気な子どものような声であった。

馬鹿というのはよく考えないので、反応が、とてもいい。

「やめろ！」

「それ以上ホントのこと言うんじゃねぇ！」

「死ね！」

ぼこ、ぼこ、ぼこと音が響いた。

そしてまた、沈黙。

オズホーンは考える顔をしていた。

「状況を整理してもいいだろうか」

「どうぞ」

「私はどうやら大変『ダッセェ』格好で」

「はい」

「何かの空気を読まずにここに現れ、あなたに跪き、皮膚の炎症が治まったあなたに向かって『おれに汁をいっぱいいつけてくれ』とプロポーズした」

「うっわ」

「整理すると改めて地獄だな」

「誰か殺してやれ！」

　いかつい大の男たちが頭と胸を押さえて悶絶している。

　一瞬呆然としたオズホーンが、ふうと息をつき、ソフィを見上げて薔薇の花束を抱え直した。

「それでもおれは希う。おれと結婚してください、ソフィ嬢」

「メンタル強ェなあ！」

　いっそ感心したような動揺が走った。周囲の反応に一切動じずオズホーンは続ける。

「あなたに帰りを待たれたい。あなたに笑っておかえりと言ってほしい。あなたの笑顔も、涙も、どの男よりも一番近くで、一番長く、一生見ていたい。どうかおれの妻になってください」

　少しのぶれもなく、メンタル強く言い切った。

　皆が固唾を飲んでソフィの回答を待っている。

「……謹んでお――」

「ちょっと待ったぁ！」

　雷のような男の声がソフィの言葉を遮った。続いてずいと娘と男の間を裂くように体を割り込ませたのは、この屋敷の主人にして男たちの代表、ユーハン＝オルゾン。

「ソフィの父、ユーハン＝オルゾンだ」

「お初にお目にかかります。クルト＝オズホーンと申しますお義父《とう》さん」

「おとうさんと呼ぶんじゃない！」

父がガンガンにメンチを切っている。近い。

「娘の病気が治った感動のシーンに水を差してくれてありがとうクルト＝オズホーン君とやら。ソフィのお父さんからいくつか君に聞きたいことがあるのだがよろしいかな」

「はい」

「一応聞くが、おふざけでも冗談でもないんだな」

「おふざけや冗談でこんな格好ができますか」

「説得力が違う！」

頭を押さえ、くっと崩した体勢をユーハンが戻す。

「クルト君、お仕事は？」

「国王陛下直属第五癒師団所属、三級癒師です」

「将来性の塊だね！　年齢は」

「二二歳です」

「意外と若いねソフィとはいい年回りだなあ！　ご両親とごきょうだいは」

「きょうだいはなく両親を亡くしており、天涯孤独です」

「若いのに苦労してるなご愁傷様です！　嫁姑《しゆうとめ》問題も親類トラブルも介護の心配も全然ないなあ！　家はあるのかね」

「王都の中心地に国から支給された庭付きの一軒家が」

「一等地に一軒家でローンの心配もないときたか！　くっそ！」

ユーハンはダンダンと悔しげに、子どものように足踏みをしている。

「社長くそダセェ……」

「しっ」

痛々しいものを見るように、社員たちがそんな社長を見ている。

「いいだろうクルト君。ではこうしようやり方を変えようか」

「なんでしょう」

「ソフィの好きなところを一〇〇個言いなさい！　さあ！　チッチッチッ！」

「お父様⁉」

妙に勝ち誇った顔でチッチチッチと左右に揺れながら、ユーハンはオズホーンを見下ろしている。

ふむ、とオズホーンは顎に指を当てた。

「チッチッチッ……ん？　言えないのか？　んん？　んんそうだよねまだ会ったばっかりだもんね無理だよね！　負けを認めるかなー？」

いったいなんの勝負なのか、もう誰にもわからない。

オズホーンが口を開いた。

「では申し上げます。とっさの機転、勇気、美しく優しい言葉選び、まろやかな声。常に揃いなめらかに動く指先、正しい姿勢と訓練を重ねた美しい礼。頭の回転の早さ、知識への貪欲さ、勤勉さ。少し気が強いところ、人を優しくからかうところ、笑った顔の愛らしさ。人をあたたかく、優しく見つめるところ」

ああ、とソフィは思った。

オズホーンは今、初めて出会ってから今日の日までのことを思い出している。

「やわらかで人を傷つけない言葉の選び方、師からの教えを大切に守らんとする心、患者への慈愛。己の失敗を認められる素直さ、それを悔しいと思える謙虚さとそれでも折れぬ自尊心、責任感、気高さ、図太さ……」

「もういい！　ストーップ！　スト――――ップ！」

ユーハンが腕をブンブン振りオズホーンを遮った。

「まだ二三個ですが」

「もう結構ですなんだかすごくおなかがいっぱいだ！　もっと簡潔に言いなさい！」

あんたが言えっつったんだろ、と一同は思った。

「簡潔に……」

ふむ、とまた顎に手をやった。

「すべてを」

「うん？」

「私の目に映ったソフィさんのすべてを、愛しています」

「……」

「生まれ持ったもの、努力により身に付けたもの。強いところ、弱いところ。彼女の持つすべてのものが、私にはいつ見てもひどく眩しく、たとえようもなく愛しい」

マーサが目頭を押さえた。

リリーとイザドラは抱き合って泣いている。

真剣に、真面目に、恥じもせずオズホーンは言い切った。この格好で。

完敗。

父、完敗である。

「よかろう！」

完敗を悟ったユーハンは、高らかに言った。

「父からは以上だ。その愉快な格好の男性にお返事しなさいソフィ」

「……はい」

一歩、ソフィはオズホーンに歩み寄った。

おそらくきっちり一〇〇本なのだろう重たい薔薇の花を両手で受け取る。

よく見れば薔薇はみな赤だが種類が少しずつ違う。

きっと一〇〇本になるまで、彼は街の花屋を巡ったのだ。この格好で。

お店の赤い薔薇を、あるだけくださいと繰り返した。腕の中で一〇〇本になるまで。この格好で。

まっすぐで、真面目で、頭がいいのに変な人。

もう少し考える時間を置いてから、もう少し普通の服装でいらしていただくことはできなかったのかしら？

ソフィがそう言えば、きっと彼は今日集めた薔薇を持ち帰って、言われた通りにもう少し時間を置いて、今度は普通の格好で別の日に、またソフィにプロポーズをするのだろう。

どれほど人に笑われても、馬鹿にされても。何度でも。

『ほっとけなかったのよ』

そうね、と、胸を走った声にソフィは笑う。

自分に向けて差し出された長い腕、赤い薔薇。その束から、ぐっと握られた彼の親指のところに当たっている折れたものを一本抜き、いつかこのまま抱かれていたいと願った目の前の胸のポケットに挿し、身を寄せた。

涙が落ちた。

「謹んでお受けいたします。……お慕いしております。クルト＝オズホーン様」

静まり返り、やがて、ピュウウウウッと指笛が響き渡った。ウオオオオオと野太い叫びも上がる。

ソフィの体がふわりと浮いた。びっくりして目を開ける。

オズホーンに抱かれている。いわゆる『お姫様だっこ』である。オズホーンがぎゅっと腕に力を入れ、囁いた。

「君を得た」

「差し上げました」

オズホーンがソフィの顔を覗き込む。

「婚約者はいますか、ソフィ嬢」

近くで見つめ合ったまま、クスリとソフィは笑う。

「ええ、ここに」

婚約者のいつもより下がった目尻をソフィはむき出しの指でそっとなぞった。

「君にそう言われるのが夢だった」

そこにきゅっと嬉しげなしわが寄った。

「さておれの婚約者のソフィ嬢。寝室はどちらですか」

「どうか初夜までお待ちになって、愛しいあなた」

そっと彼の胸に額をすり寄せた。ぎゅっと体を優しく抱かれた。

見上げれば幸せそうに、初めて見るような顔で、白い歯を出してオズホーンが笑っている。

「上司にプロポーズのやり方を聞いてよかった」

「やっぱりあなた嫌われてるわ」

「いいんだ。ちゃんと願いは叶った」

優しい声だった。

宝物を抱く手つきだった。

ぽろりとまた涙が溢れた。

「……とても愚かなことをしたのに。嫌いにならないでくれて、ありがとう」

「君にされて嫌なことなど何もない。君が好きだ」

ぽろり
ぽろり
透明な涙はやわらかな頬を伝って流れていった。


夜。

寝室で一人、鏡を見ていたソフィは、ノックの音に振り向いた。

「はい」

「ソフィ様、マーサでございます」

「入って」

かちゃりと扉が開き、マーサともう一人、侍女の服を着た女性が入ってくる。

「あら？」

若いメイドはソフィの生活範囲には入らない。いったいどうしたのかしらとソフィはマーサを見た。

「マーサ、そちらの方は？」

「メイドのエマと申します。よろしくお願いいたします」

三〇代の前半だろう。マーサ仕込みとわかる姿勢の良さで、やわらかく礼をした。落ち着きのあるブラウンの瞳が、眩しそうにソフィを見ている。

「ソフィ＝オルゾンです。よろしくお願いいたします。……マーサ、どうしたの」

「はい、ソフィ様はオズホーン師の中央帰還に合わせ、この屋敷をお出になりますね」

「ええ」

ソフィは頬を桜色に染めた。

オズホーンのこの街での任期はあと二月。大急ぎで嫁入り道具を整え、同じ馬車で中央の彼の家についていく予定だった。

「時期はともあれ、この家からメイドが付くことでしょう」

「そうね」

「そのときはこのエマめをお連れなさいませ。気働きの良い、口が堅く我慢強く、根性のあるメイドです」

「……マーサ……」

結婚に伴い嫁の実家からメイドが付き従うことは、裕福な家柄ではままあることである。ただ一人連れていくのなら、ソフィは当然マーサをと思っていた。

「ついてきてくれないの？　マーサ」

ソフィの気持ちがわからないはずのマーサではない。背筋をピンと伸ばし、マーサは答える。

「ソフィ様」

「はい」

「マーサは老いました」

「……」

「針に糸を通すことも、細かい字を読むことも難しくなっております」

「そんなこと」

「これからのある若いお方には、若い者が付くべきです。未来のために」

きっぱりと言い切るマーサの鋭い目には、鋼のような決意があった。

いつか。そう、クロのところへ行ったとき。わずかに背筋を曲げ、新芽を見ているマーサの姿を思い出した。

あのときマーサは未来を。ソフィの未来を、そこに見ていたのだ。

「エマさん」

「はい、お嬢様」

「本日はご挨拶をありがとう。ごめんなさい、少し外していただいてもよろしいかしら」

「はい」

しっかりものの声で答え、礼をしてから扉を閉める。

ソフィとマーサは向き合った。

いつも強くて、厳しかったマーサ。彼女はいつの間にこんなにも、小さくなっていたのだろう。

「ソフィ様、近くでお顔を拝見してもよろしいですか」

「ええ」

この部屋のベッドで、包帯を替えながら二人で泣いたのは、つい一年前のことだ。

「……ユーハン様とシェルロッタ様の良いところを受け継いでいらっしゃる。なんとも清廉で、本当にお美しい」

「マーサ……」

老いた侍女のしわだらけの指が、優しくそっとソフィの顔を撫でる。

「……本来であれば誰よりも称賛されるべき、お嬢様の積み重ねられた教養」

「……」

低い老女の声が、歌うように言う。

「思いやりに溢れたお優しい心すべてを、あのお方は病に惑わされず見いだし、愛するとお誓いになりました」

「ええ」

「美しさへのありがたみがないのはいかがかと思いますが」

「そういう方なのよ」

「馬鹿のような格好で」

「意外と騙されやすい人なの」

くすくすとソフィは笑った。

「……わたくしが心から憎んだあの病めは、お嬢様が」

「なあに」

「あのお方に出会うまでの、お守りだったのやもしれません」

「……」

いつも厳しく光るマーサの目が、今はどこか、遠くを見ている。

「マーサめから、一つ昔話をいたしましょう。かつて異国のさる高位の貴族に、咲き誇る薔薇のごとき、美しい娘がおりました。早くに母親を亡くし、継母《ままはは》はそれは陰湿に、残酷に、人間とは思えぬ所業で娘をいびりぬきました」

「……マーサ」

「いびるだけいびりぬいたうえで、政治の道具として四〇も上の好色な男に嫁がされようとしているところを、この娘に惚れ抜いた若き無名の船乗りが、古参の侍女ごと娘をさらいました。おおやけにできることではございませんので、貴族の娘はかの国では海に落ちて死んだということにされております。この国に落ち着き、睦《むつ》まじいにもかかわらず何年も、何年も子に恵まれず、ようやくお子を授かったとき、あの方はたいそうお泣きになられました」

「……やっと生まれた娘が、おかしな肌だったから」

ソフィは眉を下げた。

「いいえ。可愛いと」

「……」

「可愛くて、愛しくて仕方がないと。こんなに愛しいものが世にあってよいのかと、娘にお乳を含ませながら泣いていらっしゃいました」

涙の伝うソフィの頬を、マーサが撫でる。

「お小さい頃からこの輝くばかりのお美しさが外に現れておりましたら、オルゾン家の娘の名は人の口の端に上り、きっと他国にも伝わったことでしょう。ご両親に似た美しいそのお顔立ちと年回りで、ソフィ様のご出生の秘密が、明らかとなったやもしれません。ひょっとしたらその美を、その血を取り返しに、あの方を苦しめたあの者どもの汚らわしい手が、ソフィ様に伸びたかもしれません」

ソフィは胸に手を当てた。

「既婚者で、夫が王家直属の癒師ともなれば、きゃつめらもそう簡単には手を出せますまい。きっとあの病めはあなた様を守る、殻だったのでございます。ソフィ様が何者にも邪魔されず、真に愛する男性と結ばれるための。皆に忌まれ、憎まれながらも御身をお守りする、目眩《めくら》ましの殻だったのでございます。惑わされずにあなた様を愛する殿方が現れ、あなた様がそれを愛したことで役目を終えたかの殻は、あの薬売りを呼び寄せ、消えたのでありましょう。マーサはあの薬売りの話を聞き、本日のソフィ様のお姿を拝見し、勝手ながらそう考えました。できるならばどうか、どうかあの殻を、お恨みにならないでください」

「マーサ……」

そっとマーサがソフィの体を鏡に向ける。

父にも母にも似た、美しい人がそこに映っていた。

「ご覧ください、この赤子のような肌。知性に輝くエメラルドの瞳。薔薇色の頬、果実のごとき濡れた唇。こんなにも美しく、賢く、心根の優しい女性は、千金をかけて探したとてそうは見つかりますまい。あの癒師め、なんと果報な男でございましょう」

はらはらとマーサは涙を零した。

「この宝をお育てできたこと、このマーサ、生涯のほまれにございます。どうか王都に行かれましてもお体を大事に、決してご無理をなさらないでください。わたくしもまたここで、わたくしの役目を終えたのでございます」

ソフィはマーサに抱きついた。

鋼のようだと思った彼女の体は年相応の、老いて痩せた女のものだった。

ソフィは腕に力をこめ、彼女をぎゅっと抱く。

「はしたのうございます、お嬢様」

「ええ」

「上の者のする態度ではございません」

「ええ。わたくしをもっと怒って」

「困ったお嬢様でございます」

抱き合って、主従は泣いた。

別れの日がひしひしと、近づいていた。


「この色もよく映るわ」

ソフィのサロン。

鏡を前に、シェルロッタがソフィに服を当てている。

着ないというのにユーハンがあっちでもこっちでも買ってきた色とりどりの服が広げられ、日の光を浴びてサロンを彩っている。

そのたくさんの中からどれを持っていこうか、二人して考えているところなのである。

「これは上品ね。デザインも古くはないし、入れたほうがいいわ。こちらはどうかしら、既婚者には少し派手だから、やめておいたほうがいいかもしれないわね。似合うからもったいないけれど」

微笑みながら楽しそうにあれこれしている母を、ソフィはじっと見つめた。

「お母様」

「マーサから聞きました。ある貴族の娘の話を、ソフィにしたたと」

「……」

「マーサを責めません。あれはすべてを捨てて娘に付き従った、一人の侍女の物語でもあるのだから」

シェルロッタはたおやかに微笑み、美しい手つきで服を畳む。

長いまつげに縁どられた穏やかな目が、そっとサロンを見渡した。

「このサロンで、たくさんの人の話を聞いたのね、ソフィ」

「はい」

さまざまな人の人生が。喜びと、悲しみが、粒子のようにサロンの中を漂っている気がした。母の美しい瞳がソフィを見つめる。

「わたくしは語りません、ソフィ。どこかの国の貴族の娘は、嵐の夜、海に落ちて死んだのだから。過去はすべて海の藻屑《もくず》となり、ここにいるのはあなたの母でありユーハンの妻、シェルロッタ＝オルゾンです」

「……はい」

「過去という亡霊は語ることで呼び覚まされることもあります。幸いにもかの家はすでに代替わりをしておりますので、今後あなたに何かを為すようなことはないでしょう。だから、わたくしは語りません。これは何一つ、あなたが背負うべきものではないからです」

「わかりました」

素直にソフィは頷いた。

人にはそれぞれ、物語がある。それを語るか、胸に秘めるか、決めるのは自分自身だ。

よいしょと母がソファに腰かけた。招かれ、横に座る。

「結婚は不安？　ソフィ」

「……少しだけ。でも」

ソフィは頬を染めた。

「楽しみなの」

「それはよかった」

ふふふとシェルロッタは笑う。

「クルト様が好き？」

「はい」

ますます頬が赤くなるのを感じながら、ソフィはごまかさずに顔を上げて答えた。

「もう口づけはしたの？」

「してません」

「あら、おかわいそう。相当我慢なさっていらっしゃるわ」

母の指がソフィの顎に伸びた。

「ソフィ」

「はい」

「嘘のない人を選んだわね。あなたを愛し、あなたが愛する人ならば、母は何も言いません。責任も、もうあなたと彼が持つべきものです。……結婚おめでとう」

母の指がやわらかくなったソフィの頰を撫でる。

「……一七年も苦労をさせて、ごめんなさい、ソフィ」

ほろほろと、母の目から涙が落ちた。

「美しい肌に産んでやれなかった母が、どれほどあなたは憎かったでしょう。それなのにあなたは一度たりともわたくしを責めなかった。ごめんなさい、ソフィ。……ずっと、辛かったでしょう」

「……憎んだことなんて、一度もない」

ソフィの目からも涙が落ちた。

「お母様のほうが辛かったわ。お父様とお母様の美しいものを何一つ継がずに生まれた子を、人から泥と石を投げつけられるような娘を、嫌いにならないでくれて、いつも味方をしてくれて、愛してくれて、守ってくれて……ありがとう」

ぎゅうっと母を抱いた。

母も泣きながらソフィを抱いた。

差し込んだ日の光が、二人を照らしていた。


「ソフィ様、クルト＝オズホーン様がお見えです」

「お通しして」

二人で泣いて、笑い合って、服を片づけ終えた頃にエマの声がかかった。

「ソフィ嬢、失礼する」

少しだけ丸くなった四角い声とともに、扉が開いた。シェルロッタがいるとは思わなかったのだろう。珍しく驚いたように足を止めた。

「ごきげんよう。ソフィの母、シェルロッタ＝オルゾンでございます」

「ごきげんよう。先日はご挨拶ができず申し訳ございませんでした。クルト＝オズホーンです」

あのあとオズホーンは男たちにあの格好のままワッショイワッショイされ街中を練り回ったのち、酒場に連れていかれて朝まで離してもらえなかったらしい。主犯のユーハンは二日酔いで、翌日ベッドから出てこなかった。

女たちは女たちでソフィのサロンで楽しく宴会をしたので、まあ、似たり寄ったりである。

「今、ソフィと新居に持ち込む服を選んでいたの。クルト様はこれまでお好みの服などおあり？」

「ソフィ様のですか」

「ええ」

オズホーンがきりりと表情を引き締める。

「ありません。ソフィ様を見るのに必死で、服まで見ておりませんでした」

「若いって素敵ね」

真顔で残念なことを言い切る男に、母はやわらかく笑った。

「では、邪魔者は退散いたしましょう。お茶を持たせたら誰も近づかないよう皆に言っておきますので、どうぞごゆっくり」

意味深に言い残し、パタンと扉を閉めていった。


密室。

サロンのソファに横並びに座り、二人は茶を飲んでいる。

なぜか体の右側がオズホーンに密着している。

静かな食器の音だけが、サロンに響いている。

「近くありませんこと？　オズホーン様」

「婚約者なので問題ありません。そして君も間もなくオズホーンです、ソフィ嬢」

「そうですね。……クルト様」

じっとクルトがソフィを見た。黒色の目に、これ以上ないほど間近で瞳を覗き込まれる。

「もう一度」

「クルト」

今度はずいと耳を近づけられたので、その形のいい耳にソフィは囁くように言った。

「ク、ル、ト」

「くっ！」

クルトが額を押さえた。そのまましばし静止する。

「…………弓は引けば引くほど力強く戻ることをご存じですね、ソフィ嬢」

「はい、存じております」

「おれは今大変に引かれ伸びている。どうぞご覚悟を」

「まあこわい」

「初夜はまだか……」

「まだですわ」

くすくすとソフィは笑った。この人をからかうのは、とても楽しい。

そっとソフィは手を伸ばし、男の短い髪を撫でた。

「……口づけなさりたいですか？」

バッとクルトが顔を上げる。怖いほど真剣にソフィを見つめる。ずいと顔が迫る。目が真剣すぎて怖い。

「もちろんなさりたい。おそらく君が考えている一〇〇倍以上はなさりたがっている。……おれはあなたの婚約者ですね、ソフィ嬢」

「はい」

「そして口づけは愛する者同士がする」

「はい」

手を取られた。男の体が近寄る。

「愛しております」

「わたくしもです」

「よしなんら問題ない」

「ええ、唇だけならば」

鼻が当たりそうな距離で二人は見つめ合った。

「……唇だけですよ、クルト様。わたくしがあなた様のお名前になるまでは、唇まで」

「……」

「それ以上はどうか、わたくしのために我慢なさってね。信じておりますわ」

目の前のクルトの黒曜石の瞳をじっと見つめてから、そっとソフィは目を閉じた。

男の唇は……

「だぁっ！」

結構遠くの方で

「唇だけで止まるわけがあるかあああぁ！」

知ってる人とは別人のようになって何やら吠えていた。

本当に面白いわ、とソフィは思っていた。

してもよかったのに、とも思っていた。


「ご挨拶？」

「はい、上司があなたを連れてこい連れてこい連れてこいとうるさいのです」

先ほどよりも少し間を取って、ソファの上で手をつないで、クルトが言った。

時折彼の骨っぽい指が動いて、ソフィの指をなぞるのがくすぐったい。

「結婚式にはお呼びになるのでしょう？」

「そのつもりでしたがもう存在自体が非常にうざったいのでやっぱりやめようかと思っています」

「ひどい！」

結婚式。この国ではそれぞれの宗教によりまったく違う式を行うが、ソフィたちが企画しているのは『結婚パーティー』であった。

正式な結婚式は、王都に行ってから癒師団の作法に則って行う。

クルトいわく『葬式のほうがまだ活気がある』という厳かな儀式で、飲んだり食べたりもなく、幾人かの立会人の前で、厳粛に結婚の旨を述べるだけのものであるという。

婚姻の届けを出すのもこの日なので、クルトが伸びながら待ちに待っている『初夜』はこの日の夜ということになる。

これには友人も、親族ですら、参加できない。

だからこの街を離れる前に、広場を借り切って、来賓と、街の人誰でもが参加できるパーティーを行うことにした。

裕福な商社などがよくやる手法で、酒や食べ物を街民に無償で提供し『うちはこんなに豊かですよ！』と家の力と名前をアピールするものでもある。

ユーハンは大変に張り切っている。なんのことはない、彼は自慢の娘の晴れ姿を盛大に見せびらかしたいのだ。

「その前に連れてこいとうるさいのです。初めは無視していましたが最近それしか言わなくなりいい加減面倒なので、一度来てくれないだろうか」

「わたくしなどが癒院に行って、お忙しい皆様のご迷惑になりませんか？」

「あの男のほうが迷惑です。どうか黙らせていただきたい」

「わかりました」

彼の職場でこの人の婚約者を名乗ることが少し恥ずかしくて、でも嬉しくて、ふふふとソフィは頬を染めて笑った。

ぴくんと男の指に力が入った。

手を取られた。

ちゅ、と手の甲にキスをされた。

黒い目がじっとソフィを見ている。

「なあに」

「今の笑った顔が可愛かったので我慢ができなくなった。手の甲で止められたおれの鋼のような理性に君は感謝すべきだ」

「あら、そんなことがわかるようになりまして？」

初対面で『人の美醜はわからない』と言い切った男なのである。

「君以外は相変わらず骨と肉と皮だ。だが君は最初から今日までずっと可愛い」

「……へんなひと」

ふふふ、と笑ったらまたちゅっとされた。

「笑えなくなるわ」

「それも嫌だ。初夜はまだか」

「まだですわ」

「おれは伸びるぞ。本当に」

「どうぞ」

しぶしぶクルトが手を放し、自分の胸元の認識票を割った。

「これはもうあなたがずっと持っていてください。癒院の入り口で見せれば、おれの妻か婚約者だとわかるので中に入れます。癒師は胸元を見れば、既婚か未婚かがすぐにわかるようになっています」

「わかりました」

そっと受け取った。優しくソフィは、そのぴかりと光る表面を指で撫でる。ソフィの指で、もうそれは汚れない。

じんと胸が熱くなった。

「今ならここに鎖を通して、直接首にかけられるわ。変な汁がつかないもの」

わずかに目を潤ませ頬を染めるソフィをクルトがじっと見る。

「おれの片割れがずっと直《じか》に君の肌であたためられるのか。実に嬉しいことだ」

まじまじとソフィはクルトを見返した。

「クルト様性格変わっておられません？」

「男など骨と肉と皮と性欲でできています。おれ以外の男もです。しっかり覚えていてくださいソフィ嬢」

大真面目に彼は答える。

「わかりました覚えます。では婚約者のご希望にお応えして、胸で直にあたためておきますわ」

「おれは認識票になりたい」

「困った方」

ソフィが笑った。

笑うソフィを見てクルトも笑った。

微笑みを目元に残し優しく見つめ合いながら、ソフィはふと思い出した。

「クルト様、もしよろしければなのですが」

「いいですよ」

「まだ言っていないわ。クルト様の」

「はい」

「ご両親のお話を聞かせていただけませんか。もしよろしければ、クルト様のお話も」

「はい」

クルト＝オズホーンは語り出した。

クルトは小さい頃から、ラブラブな両親を見て育っていた。

いつも楽しそうで、いつも体のどこかが触れ合っていて、それぞれの語尾にいつも大きなハートマークがついている。

父の口にアーンと飯を運んでいる母を見ながら、自分で食べたほうが早いだろうにと離乳食を食べつつすでに思っていたような気がする。

「子どもながらにうざったい両親でした」

「いいご夫婦ではないですか」

普通は子どもが家族を和ますはずが、オズホーン家は常に勝手に和んでいるため、クルトにその仕事は回ってこなかった。

いつも楽しげな父と母を見ながら、なぜか人一倍冷静に、クルトは育った。

特にこれといったこともなく一五歳になり、光の才が見いだされ、そこからさらに選抜されて癒師団に入った。

国の精鋭が集まる場所だ。きっとこれまでのような退屈はなかろうと期待して入ったが、これまでとたいして変わらなかった。

クルトはいつもそうだ。

周囲の人間が、なぜわからないのかわからない。なぜできないのかわからない。

お前はおかしいと言われるのでそうかおれがおかしいのかとは思うのだが、何度考えても、やはりクルトが正しい気がする。

思ったことを口に出せばひどく傷ついた顔をされ、時間が経つほど人に遠巻きにされる。

クルトは人に交じれない。

人というものがわからない。心というものが、わからない。

主張してもろくなことが起きないのは経験で学んでいたので、極力人交わりを避け、自分に与えられた仕事を完璧にこなすことにした。

規則を守った。きっちりとするのは好きだし、規則として書いてある決まりはわかりやすいからだ。

黙って仕事をしていれば自然に階級は上がる。上になってしまえば面倒なやつらに絡まれなくなるのが楽だった。

クルト一八歳の冬のある日。両親が死んだという知らせが飛び込んだ。

結婚二〇周年の記念に、氷の国にオーロラを見に行くというテンションの高い連筆の文が来た矢先のことだった。

「目撃者の話によると」

「目撃者？」

「はい。おれの両親は楽しそうにてくてくと氷の上を手をつないで歩き」

「はい」

「オーロラを見上げ抱き合って」

「はい」

「そのまま氷の下から現れた、一〇〇年に一度しか現れないというピンク色の大型魚型魔物『ラブマンタ』に一飲みで飲まれたそうです」

「……えっ」

「本来なら人を食べない、見るとどんな恋も叶うありがたい魔物だから、きっと口を開けて飛び上がった拍子にたまたまそこにいて飲まれたのだろうとのことですが、さすがのおれも驚いた。そんな阿呆《あほう》のような奇跡があるだろうかと。ただおそらく、二人は笑っていただろうとは思います。オーロラがきれいだね、クルトにも見せたいねと。かの魔物はそのまま海に消えましたので遺体は上がりませんでしたが、おそらく今も、魔物の腹の中であの人たちは笑っているだろうなとおれは思います」

「……」

クルトの顔はいつも通り、何も変わらない。

「あの両親はいつも楽しそうだった。息子を好きだった。おれが人を、嫌われても嫌いになりきれないのは、おそらくあの両親のせいです。人を理解できない、わからない、厭《いと》わしいと思いながらも、本当は理解できれば、もっと上手に交われれば、きっと両親たちのように楽しかったり面白かったりするのだろうと、憧れていたのだろうと思います。だから、おれは癒師の仕事が嫌いじゃない。人を治せるから。人という生き物を理解できないけれど、人というもの自体は、嫌いではないのです」

三級以上は昇級に試験がある。

実技と筆記を終え、これなら大丈夫だろうと思っていたところ、上に呼ばれた。

『クルト＝オズホーン』

『はい』

『君の実力、知識、実に素晴らしい。その若さで大したものだ。ただし』

『はい』

『癒術は仁術なり』

『はあ』

『君には欠けているものがある。少しの間中央を離れ、人を学ぶことを君に勧めることにした。これは君の、我々癒師団の、ひいては国の未来のためである』

『はあ』

『辞令は追って届くだろう。励むのだぞ若者』

『はい』

『以上である』

『はい』

そうしてこの街にやってきて。

「君に会った」

「……」

たまたま転がって足に当たった広告を見て、きっと癒術まがいのものを餌にした悪徳サロンだろうと自分の判断で飛び込んだ。

だが。

「君がいた。体格差をものともせず身を挺《てい》して患者の尊厳を守り、敵役だろうおれに茶を入れて本を貸し、冗談を言って笑った。家に帰っても、何日経っても、君の顔と声が忘れられなかった」

じっと黒曜石の瞳がソフィを映す。

「また会いに行ったら君は床に倒れていた。マナ切れというものがあることは知識として知ってはいたが、実際にやる人間をこの目で初めて見た。おれだってマナが残り少なくなればその場から逃げ出したいほど怖くなる。なのに君はすべてを使い切って倒れていた」

彼は自分の手のひらを見た。いつかそこにあった何かを思い出すように。

「抱き上げたら、細くて軽かった。肩も、腕も、おれの半分しかない女の子が、どうしてこんなことができるのかわからなかった。目覚めた君は、自分の未熟さを恥じて悔い、泣いた。癒師というだけで威張り散らすやつらに囲まれていたおれは、あんな純粋で高尚な涙を初めて見た。おれの声を聞いたと、おれの力を絶大だと、尊敬すると言った。とんでもない、尊敬したのはおれのほうだ。こんなに必死に人を癒そうとしたことがあっただろうかと思った」

そっと伸びたクルトの手が、ソフィの手を握った。

「君と話すのはいつだって楽しかった。おれが何かを言えば、だいたいの会話が止まる。だからなるべく職務以外では人の会話に交ざらないように心がけていた。でも君はおれの言葉にすぐに別の言葉を返し、おれが何かを言うたびに怒ったり、笑ったりした。怒っても目を逸らさずおれを見る、話すたびに変わる顔を見て、もっと、君のいろいろな顔が見たくなった」

いったいいつの、どの会話を思い出したのか、クルトの目がふっと穏やかになる。

「君の皮膚を治そうとして治せなかったとき、衝撃を受けた。皮一枚程度の炎症を治せないわけがないと思っていた。微笑みながら泣く君を見て、胸が苦しかった。おれはそれまで、自分が治せると思ったものはなんでも治せた。『治したいのに治せない辛さ』を、初めて感じた。そしてようやく、これは周りの癒師が、皆普段から感じている感情なのだと理解した」

ぎゅっと手に力がこもった。

「君がもうこの世にいないかもしれないと思ったとき、そしてそうではないとわかったとき、自分の心が、こんなにも乱れるのだと知った」

黒い瞳が、わずかに遠くを見たような気がした。

「戦場から戻り、君の魔術を受けた。本当に驚いた。相手を思いやる気持ちが、治したいと願う優しい気持ちが、魔術を通して流れ込んできた。おれはずっと、『優しさ』など意味がないと思っていた。優しさで人の傷は治らないから。優しさで人は生き返らないから。死にかけた人にすがりついて泣いている家族など、治療の邪魔でしかない。優しさなど無力で無駄と思っていた。だけど君は教えてくれた」

頬にクルトの大きな手が伸びる。漆黒の瞳がソフィを映す。

「『優しさ』は内側から人を癒す。人の心は心を癒す。おれにもちゃんと、人の心で癒される、何かを悲しんだり喜んだりする心がある。おれは君から、ここでたくさんのものを教わっている」

優しく引かれた。

クルトの腕に、すっぽりと包まれた。

「愛し、尊敬していますソフィ嬢。あなたはおれの『人』の師だ」

あたたかい男の体を、ソフィはぎゅっと抱き返した。

涙が落ちた。

「……どうして泣く？」

「……あなたが、愛おしくて」

「変人の、情けない話だ」

「いいえ。知ることは、知ろうとしていなくてはできないのよ」

じっとクルトがソフィを見た。

その頬を両手で包み、ソフィはそっと撫でた。

じっと男の形を見た。この不器用な人が、ソフィは愛しいと思う。

人を見る黒い瞳が傷ついて濁っていないことが、心から嬉しいと思う。

涙が溢れた。

「あなたはずっと、ずっと知りたがってた。人とは何か、心とは何か。皆が言葉にしなくても自然にわかっていることが、自分だけにわからないのはとても辛いことだわ。ずっと怖かったでしょう？　自分の言葉で固まる、傷つく人を見るのは嫌だったでしょう？　それでもずっと、あなたは人の中にあり続けた。人を癒し続けた。理解できないことを周りの人のせいにせず、わからなくても人を嫌わずに、わからない自分をどうしてだろうと思い続けた」

やわらかくなった手が、優しくクルトの頬を包んで撫でる。

「わかったのは、私のおかげなんかじゃない。あなたがずっと、それを知りたいと思って諦めずに手を伸ばし続けてきたから。人に交ざりたいと願い、交ざれなくても人を恨まなかったから。見た目がそれぞれ違うように、心の形もきっとそれぞれ違う。姿の異なる人が人に避けられるように、心の形が異なる人も、人にそうされてきたのだと思う」

ソフィの右手が頬をなぞって下がり、クルトの胸を撫でる。

「あなたのここは、きっととても硬く、丈夫に作られたのだわ。人々の心が乱れても、あなただけは乱れないように。どんなに凄惨な場面でも、あなただけは冷静でいられるように。何があってもあなただけは最後までそこに立ち続け、人を癒し助け続けられるように。人と違うことを成さなければならない人のここには、やわらかさとは真反対の、特別な強さと硬さが必要だったから」

そっとソフィはその胸に頬をすり寄せ、手のひらで優しく撫でた。

「……悪いものなんかじゃない。嫌われなきゃいけないようなものじゃない。ただ、人と違うだけ。でも、硬いものは、むき出しのままだと周りのやわらかいものを傷つけてしまう。だから、これから一緒にお勉強しましょう。人を傷つけないで済む方法を。わたしはあなたの言葉に傷つかない。あなたがわたしの姿を恐れなかったように、わたしもあなたの心を恐れない。わたしはあなたのここが、とても好きだから」

透明な涙が、男の胸に染み込んでいく。

「これから、たくさんお話ししましょう。たくさん勉強して、練習すれば、きっと素敵なことが増えるわ。これが忌まれるようなものでないことをわかってくれる人が増えて、きっと楽しかったり、面白くなったりするわ。だからどうか、わたしを恐れないで。わたしは何か嫌なことがあったらあなたにちゃんと言葉にして伝えるから。何も言わずにあなたを嫌ったり、離れていったりなんて、絶対にしないから」

ね、と顔を上げクルトに向けて微笑んだ。

男の瞳から溢れた熱いものを見ないように、ソフィはそっと彼の胸に顔を埋《うず》め目を閉じた。

「……君が好きだ」

「わたしも好き」

「結婚してくれ」

「ええ、その予定だわ」

男の指がソフィの涙をすくい、髪を撫でる。ソフィは顔を上げた。

温かみを増した黒曜石の目と間近に目が合い、そっと閉じた。

ソフィのサロンの床に、二人の影が重なった。

✶

白い建物の前で、きゃあきゃあと女の子たちが騒いでいる。

「ね、見えた？」

「全然見えない！　今日は奥にいらっしゃるのかしら」

胸を強調したり、足を出したり。それぞれ思い思いに『盛った』女子たちが、きゃあきゃあわいわいと騒いでいる。

「出てきたわよ！」

女の子たちがざーっと一つの窓の前に集まった。

熱い視線のその先には、黒髪の若き癒師がいる。

ほんの数月前彼がここに派遣され、街の目ざとい年頃の女の子たちはざわめいた。

涼しげな瞳、低く響く冷静な声、彫刻のように動かない端整な顔立ち。

そして胸の認識票は、折れていない。

『独身』『美形』『エリート』の三拍子を揃えた、いずれ憧れの王都に帰るというそのクールな癒師にあわよくば声をかけられはしないかと、癒院の前をうろつく女子たちは、日に日に増えている。

「こら！　帰れ！　治療の邪魔だ！」

中からバタンと出てきた院長に、女子たちはげえっという顔をした。

「エロじじいが来たわよ！」

「キャー！」

「襲われる！」

「黙れクソガキども！　散れ！　散れ！　お前らの家なんかわかってるんだぞ！　次来たらお前らのパパとママに一軒一軒回って告げ口するからな！」

「やだうざーい」

「きもーい」

「死ねばいいのに」

「言いすぎだぞ！　大人だって傷つくんだぞ！」

「きもーい」

きゃあきゃあ言いながら、女の子たちは癒院を離れた。

わいわいしながら集団で歩いていると、前から少女が一人歩いてきた。

陽光に浮かぶほっそりとした華奢《きゃしゃ》な手足。低い位置で上品に結い上げられた、手入れの行き届いたプラチナブロンド。

手足を覆うワンピースは美しい深い紺藍色で、一目で高級なものと知れる。

露出が少ない中で唯一むき出しになった白いうなじのおくれ毛が女から見ても色っぽい。

しんと静まり返っていた。

皆の目がその少女を追っていた。

抜けるように白い透明な肌。優しげで賢そうなエメラルドの瞳は潤み、頬は薔薇色に染まり、濡れたように光る唇は微笑みの形に上がっている。

姿勢がいい。指先まで揃う、一つ一つの所作が美しい。

『品』というものをそこにいるだけで嫌味なく知らしめる、月の光のような少女だった。

「――……」

少女たちは思わず道を譲った。

彼女はそのまま軽やかな足取りで癒院に向かい、受付に首から下げた金属のプレートを示し、優しい声でこう告げた。

「クルト＝オズホーンの婚約者、ソフィ＝オルゾンと申します。本日はオズホーンに面会に参りました」

そうして彼女は白い建物に消えていった。

「「「はあ……」」」

何重にもため息が重なった。

各々出していた胸をしまい、巻いて短くしていたスカートを下ろす。

「あ〜あ……結局、ああいう子に持ってかれるのよね」

「ホンット、きれいな子って得。何したってきれいだもの」

「ああいう人も結局、顔で選ぶのかあ……」

「世の中って不公平だわ。見た目で苦労したことなんて生まれてから一度もないのよ、あんな子は」

あ〜あ、とそれぞれ思うところのある場所を撫で、またため息をついた。

「うさばらしに甘いもの食べ行かない？」

「さんせーい！」

そしてまた元気にきゃあきゃあわいわいと、次の旦那候補を探しに遠ざかっていった。

ソフィを見つめたまま、クルトの『上司』、院長が絶句している。

「……婚約者」

「はい」

「あなた様が、間違いなく、このクルト＝オズホーンの」

「はい」

「この鉄仮面の、人間検定一〇級の、彫刻よりも人間味がない男の」

「はい、おそらく」

「初日に上司に、院長に、『こんな傷を治すのにそんなに時間がかかるのか』とか言っちゃう常識知らずの」

「尊敬するお方を前にすると緊張してしまうたちでございまして。オズホーンが失礼なことを申しまして誠に申し訳ございません」

ざわざわざわと、院長室の前に人だかりができている。

幸い今は緊急の患者はいないようで、皆が目を見開いて院長室を覗いている。

「お嬢さん」

「はい」

「目がお悪ければ治しますよ」

「ありがとうございます。おかげさまで遠くまでよく見えますわ」

「お前この方に何をしたクルト＝オズホーン！」

ダアンと院長の拳が机を叩く。

「愛を伝えただけです。院長に教わったやり方で」

淡々とクルトが答えた。ポッカーンと院長は口を開ける。

「やったの？」

「はい」

「白いスーツで？」

「はい」

「一〇〇本の薔薇持って？」

「はい。集めるのが大変でした」

ポッカーンとしたまま院長がソフィを見た。

「受けたの？」

「はい、謹んで」

「なんで？」

ソフィが頬を染めて恥ずかしそうに微笑んだ。

「わたくしもお慕いしておりましたので」

ソフィとクルトが院長を挟んで目を合わせる。

甘やかに見つめ合い、ふふっと笑い合った。

「笑った……」

「笑うんだあの人」

「甘ーい……」

「ってか婚約者、きれい」

「後光が……後光が見える……」

ざわざわざわ。ギャラリーが揺れている。

オズホーンの婚約者の少女が彼らを見た。

すくみ上がったように彼らは固まった。

彼女はすっと彼らに向き直り、ぴんと背筋の伸びた丁寧な礼をした。

「いつもオズホーンがお世話になっております。至らない点が多くあり、たいそうご迷惑をおかけしているかと存じますが、残りの期間、改善できるところから改善してまいる所存でございます。どうぞよろしくお願いいたします」

響いた、大きくないのに通る澄んだ声に、男も女もなぜか赤くなった。

「そうか……アレはいけるのか」

ぶつぶつと院長が何かを呟いている。

「クルト」

「はい」

そっとクルトに歩み寄り、ソフィが耳打ちする。クルトがそれに合わせて長身をかがめる。

「今夜父が、式の打ち合わせも兼ねて夕飯に寄らないかって」

「わかった。仕事が終わったら君の家に行く」

「待ってる」

クルトがソフィの目を覗き込んだ。

「夕飯のあとは君の寝室で本でも読もうか」

「ほかには何もしない？」

「それは約束しかねる」

「じゃあダメよ」

皆には聞こえない小さな声で会話しながら、またソフィが頬を染めてやわらかく微笑んだ。

クルトがそんなソフィを愛おしげに、ちょっと色気のある顔で、優しく見ている。

窓から差し込んだ、春の予感のする光が二人を包んでいる。

「きれい……」

そんな二人を、人々はポカーンと見ていた。

「案外に、一周回って。うんそうか」

同じ光に包まれながら、院長は一人で頷き、まだブツブツ言っている。

マモリリス

『お嫁入り』の準備に屋敷全体がそわそわと沸き立つ中。

お屋敷にネズミがいる、とマーサが非常に暗い顔で呟いた。

まあ、とソフィは口に手をやった。マーサはネズミが大嫌いなのだ。

毒餌をえいやえいやと鬼のような顔で仕込んでいるのをあらあらと見てから数日後。

ことん

ことん

ソフィのサロンに片づけの音が響いている。

手伝おうとするマーサ、クレアに断りを入れて、ソフィは一人、サロンの飾りつけを片づけている。

結婚パーティーまであと一月、中央に行くまであと一月半。新しい広告を撒くのをやめたソフィのサロンには、さっぱり手紙が届かなくなった。

新しいものが常に上書きされるこの世界で、『化物嬢ソフィのサロン』のことは、訪れてくれた人たち以外、もしかしたら誰も覚えていないのかもしれない。

ソフィは訪れたお客様の顔を思い出しながら指折り数えた。

一六名。

広告を使い、人を使い、一六名。金持ちのお嬢さんの道楽、たったの一六名と笑われる数かもしれない。だけど。

そっとソフィは胸を押さえた。

この場所で、あの日、あの日に流れた空気、それぞれの時間を、ソフィは忘れない。

たったの、ではなかった。絶対にそんな言葉で済ませられるようなものではなかった。

引きこもりの令嬢が一人で外に出られるほどの、人を愛し、その人についていくと決断できるほどの何かを、その人たちはくれたのだ。

癒したのはソフィじゃない。ソフィこそが癒された。

ここで語られる自分のものではない悲しみや苦しみが、癒されることの喜びがソフィを癒し、顔を上げさせ、前に進むことのできる強さを与えてくれた。

「……あら？」

テーブルの上にメモ書きのような小さな紙が落ちていた。さっきまではなかったはずだ。

何かにくっついていたものが剝がれて落ちたのかしらとそれをつまみ上げて読んでみるも、くちゃくちゃと小さく書かれた線は、字には見えなかった。

はてなと首をかしげ、くず入れに入れかけて、思い直して絵の入っていない額縁にそれを入れた。柄の文様が面白いので、なんとなく飾るように立てておいた額縁だった。

「お嬢さんお昼ごはんですよー」

「はーい」

レイモンドの声に、ぴょんと弾んでサロンを飛び出した。


夕暮れ。

またソフィはサロンにいた。

整理しようと思った、本棚から抜き出した本が気になってついつい読んでしまうという罠《わな》にはまり、腰を据えて熟読しているときだった。

『ちゅう』

そんな音……いや、声がした。

顔を上げてあたりを見回したソフィは、来客用のテーブルの上にある拳ほどの大きさの生き物の存在に気がついた。

『ちゅう』

「まあ……」

夕焼けの光を浴びているはずなのに、なぜか金色に輝いて見えるネズミ。否、ネズミにしてはちょっと可愛い何かがそこにいた。

「どこからお入りになったの？　あなたにこのお屋敷は危ないわ。こわーいこわーいメイドさんがいるのよ」

本を閉じ優しく呼びかけて、ソフィはそっと歩み寄った。

ドブネズミには見えないし、ほんわりとした何やら優しげな雰囲気を纏っているそれが危ないものには見えなかったからだ。

噛むかしら？　逃げるかしら？　そう思っていると。

『お手紙を出しました。治してください』

誰かが言った。

きょろきょろとソフィはあたりを見回した。誰もいない。

『ちゃんとお手紙を出しました。おててが痛いのです。治してください』

「……」

ソフィはそのネズミのようなものに近づいた。

「今、お話しになりまして?」

『はい』

「……おしゃべりが上手なのね」

『マモリリスでございますからね』

気持ち誇らしげに、『マモリリス』はふんわりした胸を反らせた。

「……驚きました。マモリリス様は人間を噛むのはお好きですか?」

『マモリリスは人間を噛みません。マモリリスでございますから』

「ほんのちょっぴりの甘噛みも?」

『はい。マモリリスでございますから』

「では正面の椅子に失礼いたしますわ」

ソフィは椅子に腰かけた。

『マモリリス』はちょこんとテーブルに座り、『ちょうだい』をするようにソフィに手のひらを差し出している。

じっとその小さな手のひらをよく見れば、表面が焼かれたように赤くなっている。

「おててはどうなさったの?」

『なんだかまるい面白そうなものがありましたのでちゅいちゅい触りましたら』

「ちゅいちゅい」

思い出したように、マモリリスがふるふるっと体を震わせた。

『じゅわっと手のひらが焼けたのです。毒を誰かが置いたのです。わたくしはマモリリスなのに、ひどいことをするのでございます』

「さっきちゅうとおっしゃったわ」

『口癖でございます』

「そうなの」

マモリリスがちゅいちゅい触ったものは、きっとマーサの置いた毒餌だろうとソフィは思った。そっと指の先に小さな手のひらをのせてじっと見た。かわいそうに、びろりと擦りむいたように皮が剝がれている。ソフィは眉を下げた。

「うちのメイドがごめんなさい。あなたをネズミと間違えてそれを置いたの。どうか許していただけませんでしょうか」

『ネズミ！』

ぴょんとマモリリスが飛び上がった。とんとんと足踏みをして憤慨している。

『マモリリスはマモリリスでございますのに！　あのような灰色のものとお間違いになるなんてひどうございます』

ふさふさとした尻尾をアピールするようにソフィに向けてピンと伸ばした。

「ごめんなさい。こんなにきれいなものを見落とすなんて。今度その者にはしっかりと言い聞かせますので、どうかお許しいただけませんでしょうか」

ソフィは頭を下げた。ぴょんとマモリリスが飛び上がった。

『謝らないでくださいうつくしいおかた。こわいまるを置いたのはあなたさまではございません』

「いいえ、わたくしの大切な人なのです。どうかお許しください」

『……治してくださいましたらもうマモリリスは怒りません。ちゅいちゅい触ったわたくしも悪かったのです』

「ありがとう」

『マモリリスはここを知っています。だからちゃんとお手紙を出しました。おててをなおしてください』

「お手紙……」

はっとして立ち上がり、ソフィは額縁を手に取った。

「こちらでございますね？」

ぴょんとマモリリスが飛んだ。

『おてが痛かったので、おはなでかいたのであります』

「ご面倒をおかけして申し訳ございません。もしよろしければ、どこで丸いものをちゅいちゅいお触りになったのか教えていただけませんか」

『はい』

そうして、マモリリスが語るには。

マモリリスはひと月前まで近所のお屋敷にいた。

子のないおじいさんとおばあさんの貴族で、屋敷には老夫婦と、これまた老いた執事が一人だけ。皆ゆったりとどこかに腰かけ、ご飯のときだけ動き、またゆったりと腰かけ、外を見るのが好きだった。

『野菜屋さんがこんなものを持ってきたよ』

ある日おじいさんがおばあさんに紙を見せた。覗き込んでおばあさんがあらまあと声を上げた。

『すぐ近所ではないですか』

『肌一枚なら治せますとあるよ。どうだね、行ってみるかね』

そう聞かれ、考え、やがてゆったりと首を振ったおばあさんの顔には、大きな紫色のあざがあった。

『わたくしがきれいになったらあなた、若い殿方のライバルが一斉にわんさかと現れますことよ』

ふっふっふと二人で笑い、その紙はテーブルの上に置きっぱなしになったのだという。

『マモリリスはもうあのお屋敷のマモリリスではなくなったのです』

「どうして？」

『ご主人がみまかられました。奥さまもおって、すぐに。おふたりともご病気だったのです』

「……」

二人のいなくなった屋敷を老執事は震える手で丁寧にきれいにし、屋敷に深く一礼をして、鞄《かばん》一つを持ってどこかに去ったのだという。

『マモリリスは次のマモリリスになるお屋敷を探していたのです。こちらはいいにおいのするところでしたので、お邪魔をいたしました。ずっとあちこちにおりましたが、先日廊下の瓶の下にころりと転がっているまるいものがありましたので、ちゅいちゅい』

「不勉強で申し訳ございません。マモリリス様は何をなさるマモリリス様なのですか？」

えへんとマモリリスは胸を張る。

『マモリリスがお屋敷におりますと、お屋敷の方の気持ちがすこしよくなるのでございます。ほんのすこしでございます。なにもなくても、胸がすこしだけポカポカいたしまして、人にやさしくなるのでございます』

「素敵」

ソフィがそう言うと、マモリリスはますますえっへんとなった。

『マモリリスでございますので』

「マモリリス様はごはんは何を召し上がるのでしょうか」

『マモリリスはごはんをたべません。まあ、甘いものがあれば一口ぐらいはいただきますが、勝手にとったりはいたしません。マモリリスはあの灰色のものどもとはちがうのです』

「おなかがすきませんか？」

『お月様の光をたべるのです。月夜の晩にはあちらこちらのお屋敷の屋根のうえで、マモリリスたちがちゅうちゅうとダンスをしておりますよ』

「まあ……」

ソフィは想像した。

月の光を浴びてちゅうちゅうと体を揺らす、小さな可愛い何かたちのダンスを。

亜人や魔物とは思えない。きっと、これは何か。人知を超えた、なにか、なのだろう。

「ではまずおてをお治しいたします。そうしましたら甘いものをお持ちしますので、いっしょにお茶をしていただけませんか？　お話し相手がいなくて、わたくしさびしいのでございます」

『よろしいですようつくしいおかた。さあどうぞ』

差し出された小さな手を、そっと手のひらで包むようにした。

『いたいのいたいのとんでいけ』

どこからきたのか、いつからいるのか。

『とおくのおやまにとんでいけ』

人の心をぽかぽかにするこの可愛いものの手のひらが、元通りの可愛いピンク色になりますように。

光のおさまったそこには小さなひと揃いの、可愛らしい手のひらがあった。

『なんと美味しい光でございましょう』

うっとりとした顔でマモリリスは言った。

「今何か甘いものを持ってまいります。どうぞお待ちになってね」

ソフィは廊下を歩み、厨房を覗き込んだ。

「レイモンド？」

がらんとしたそこに、彼の姿はない。

「レイモンド、いないの？」

「あ、お嬢さん」

厨房の奥から彼の声がした。ソフィはそちらに向かって足を進める。

レイモンドは椅子に腰かけ、何枚もの紙を丸めたものに囲まれて、何やら書き物をしていた。

「何をしていたの？」

「今日は夜ご家族とオズホーン師で外でお食事会でしょう？　皆さんの夕飯の準備がいらないから、お嬢さんの結婚パーティーのメニューを考えてました。来賓向けの分をおれがやって、量の多い一般のお客様向けには他の船の料理人を呼ぶことになってます。来賓は貴族も来るんですよね？　責任重大なほうを任されちゃったなあ」

金の髪を揺らし、大きな手でがりがりと頭をかいている。

ソフィはレイモンドの肩の後ろから彼の手元を覗き込んだ。癖の強い字が、紙の上を踊っている。

見覚えのあるメニューが書かれて、消されて、また書かれて。紙の上で踊る今までソフィの食べたことのある美味しいものたち。グルグルと巡ったのだろう彼の頭の中が全部そこに出ていて、ソフィはクスリと笑った。

「レイモンドのお料理はどれも美味しいわ。わたくし、みんな大好き」

ふわりと髪が揺れ、レイモンドがソフィに顔を向けたのがわかった。

彼を見る。

深い青の瞳と、近くで目が合う。

「……」

「……近いですよお嬢さん。前に言ったでしょう」

深い海のような、吸い込まれそうな、青だった。

「おれはずっと男ですよ」

「……」

何か熱いものに触れたような気がして息を呑み、思わず体を引いた。

少しの沈黙があり、ふふっと彼が笑った。

「前からお嬢さんはきれいだったけど、今はもう目がつぶれるほどの絶世の美女だ。どこ見たってこんなきれいな人はいません。もっと注意しなきゃ。男には近づいたら取って食われると思って接してください」

「ええ……ありがとう、注意してくれて」

「何か御用でしたか？」

「何か、甘いお菓子はないかしら。お砂糖のようなもの。それと、果実のジュースがあれば、ほんのちょっぴりでいいからいただきたいの」

「誰か来てるんですか？」

「ええ、小さなお客様が」

先ほどのはなんだったのだろう、と思うほどいつも通りのんびりになったレイモンドが、瓶に入った口に入れるとしゅわしゅわする砂糖菓子と、果実のジュースを出してくれた。

「お仕事のお邪魔してごめんなさい。どうもありがとう」

「どういたしまして。お嬢さん」

「はい」

見上げるほどに背の高い、長い金髪を後ろでひとまとめにした青い目の料理人は、穏やかに笑ってソフィを見た。

彼はソフィが一三歳のとき、学園をやめて引きこもり始めた年にこの屋敷に来た。

この大きな男の人はいつも笑顔で甘い美味しいものを作ってくれるので、だんだんと怖くなくなって、少しずつ話し、笑い合えるようになった。そうするうちにいつの間にか馴染み、いつの間にか、家族のように思っていた。

「ご結婚おめでとうございます」

「……ありがとう」

そのまま互いに何も言わなかった。

瓶を受け取るときにほんの少しだけ指の先が重なり、そっと、離れた。


「マモリリス様、いらっしゃいますか」

『マモリリスはこちらにおります、うつくしいおかた』

ちゅうちゅうとマモリリスが鳴いた。

『おや、うつくしいおかた』

「なあに」

『泣いておいでですか』

「……いいえ」

『そうですか。これはうまそうだ』

ソフィが手渡した砂糖菓子を癒えた可愛らしい両手で持ち、カリカリとかじり始めた。

ソフィはその様子を、じっと見ている。

マモリリスが鼻を動かし、顔を上げた。

『お嫁入りですかうつくしいおかた』

「はい、その予定です」

『お嫁入りのにおいはさびしくて、どきどきして、うれしくて、さびしいですね』

「はい」

ほっぺたに一つ砂糖菓子を入れたマモリリスは、しゅわしゅわ～っと震えた。

『このお屋敷にしようかと思いましたが、もしよろしければマモリリスをお嫁入りにお連れになりませんか。胸がぽかぽかのおうちになりますよ』

「……マモリリス様」

『はい』

そっと手を伸ばし、ソフィはマモリリスに触れた。マモリリスは嫌がることなく、ソフィの手のひらに収まった。

ふわふわだ。そっと顔を近づけて頬ずりをした。ブルブルとマモリリスは震えている。

『おはずかちいですうつくしいおかた』

「このお屋敷にいてくださらない？」

『マモリリスがおきらいですか？』

「いいえ」

ソフィの目から涙が落ちた。

「このお屋敷に、わたくしの大切な人がたくさんいるの。わたくしを大切にしてくれた人が、たくさんいるの。わたくし、その人たちをみいんな置いてお嫁に行くの。わたくしがいなくても、みんなには元気で、いつも胸がぽかぽかであってほしいの。新しいおうちは自分で頑張ってぽかぽかにするから、マモリリス様、どうかこのお屋敷の人たちを守ってくださいませんか」

額にぽちんぽちんとソフィの涙の粒を浴びながら、くすぐったそうにひげを動かしマモリリスはソフィを見た。

『こわいまるはもう置きませんか』

「家のものにしっかりと言い聞かせます。美味しい甘いものも、いつも置いておくように言いますわ」

『じゃあいいですよ。このお屋敷はいいにおいがしますから』

「ありがとう」

宝石箱から取り出したビロードの赤いリボンを、ソフィはマモリリスの尻尾にそっと結んだ。

「お嫌な感じはいたしませんか？」

『光栄でございます！』

目をぴかぴかさせている。

「尻尾にリボンをつけた小さな方がいても、けして害さないよう、皆に伝えます。もしリボンが取れてしまったら、二階の大きな寝室にいる女性にお声がけくださいい、わたくしの母です」

『ああ、あのうつくしいおかたですね』

「はい」

『承知いたしました』

ぴょんとマモリリスは飛び上がり、ちょんと伸びてぺこんとお辞儀をした。

『マモリリスはこのお屋敷のマモリリスになりました。またお会いしましょう、うつくしいおかた』

しっぽのリボンを翻し、小さなお客様は姿を消した。


「ソフィ嬢、失礼する」

いつも通りそう言って現れた四角い男に腕を伸ばし、胸に顔を押し付け、ソフィはしばし、泣いた。

事情を何一つ知らない男は突然泣き出した婚約者に動じず、抱きとめ大きな手のひらで震える背中を撫でた。

愛しい、愛しいと、その手が言っていた。


片づけの途中で半分がらんとしたサロンは、どきどきして、うれしくて、さびしいお嫁入りのにおいがした。

ラストパーティー

「けっこんしきですよ～」

「けっこんしきですよ～」

可愛らしい揃いの白い服を着た子どもたちが、道行く人に紙を配りながら街を歩く。

「けっこんしきですよ～」

「国王陛下直属三級癒師クルト＝オズホーン様、オルゾン家ご長女ソフィ＝オルゾン様の、けっこんしきですよ～」

「美味しいものが食べ放題」

「美味しいお酒もありますよ」

「みなさまお誘いあわせのうえ」

「どうぞおきがるに、どなたでもご参加くださ～い」

先頭を歩くおかっぱの水色の瞳の可愛らしい女の子は、大きい声を出しすぎて、餅のようなつるつるの頬が真っ赤っ赤だ。

なんだなんだと人々は手渡された紙を見る。

その紙には結婚式の時間と場所、どなたでもおいでくださいという趣旨のことが、学のないものでもわかるようにだろう気遣いをもって細やかに、丁寧に書かれていた。


当日。会場。

その入り口に、でかでかとした金色のワニの像が二体。

アニーに結婚式の招待状を出したものの、直前の招待に、やはり国務があり参加できない旨の返事が届いた。

その返事とともに送られてきたのが、これである。

左右のワニの尻尾をグルグル回し同時に離せば、なんと二体のワニからは美しい音楽がハモりながら流れる、ワニ型巨大オルゴールであった。

「……」

オルゾン家の人々はなんとも言えないうつろな目でそれを見た。

なんというか、こう、金と技術の無駄遣いを感じさせる大変立派な一品である。

アニーの文は。

『ご結婚おめでとう、ソフィ。式に参加できず、とても残念に思います。父がこの伝統あるめでたくどうしようもないものを貴方に贈りたいと大変にうるさいためお贈りいたしますが、どうぞ到着次第ばらして黄金にお替えください。わたくしからは当家自慢の果物と、花をお贈りいたします。父はまだまだ元気ですので、お約束を果たしていただくのは先のこととなりそうです。ですがどうぞ、きっとお忘れにならないでね。
お相手は癒師とのこと。貴方の選んだお人ですから、わたくしはなんの心配もしておりません。
機会があればお二人で我が国に遊びにいらして。歓迎するわ
太陽の国クロコダイル国王が娘　アニー＝クロコダイル』

王女のものとは思えないほど砕けた文章でつづられていた。

そこにふふふと笑うあの鋭い牙が覗いた気がして、ソフィはクスリと笑った。

コンコン、と、開いているはずの扉を叩く音がした。振り返り、ソフィは微笑む。

扉の前の男は、振り返ったソフィを見て固まった。

「……」

男は無言で歩み寄る。

そっと大きな手が、白い手袋に包まれたソフィの手を取った。

「……この美しいものを、本当におれがもらってもいいのだろうか」

「おやめになる？」

「死んでも嫌だ」

夫は膝をつく。

「ソフィ嬢、結婚してください」

「はい、喜んで」

夫が妻の手の甲に口づけた。

目元をハンカチで押さえたシェルロッタ、マーサ。微笑むクレアとエマが、お似合いの新しい夫婦を見守っている。

「わあ……」

きょろきょろと学生クリストファーはにぎやかな会場を見回した。

大きな調理台を前に何人もの料理人さんが真っ白な服を着て、日に焼けた顔に汗をかきながら、手を忙しそうに動かしている。

鉄板の上を転がる肉、野菜、魚介類。じゅうじゅうといい音、香ばしいいいにおいがして、カラフルで美味しそうな料理が皿の上にどんどん出来上がり運ばれる。今目の前を横切った皿の上にのってる真っ赤な海老が、見たことないくらい大きい。殻をむかれてむき出しになった胴体にとろりとかかったオレンジ色のソースがいかにも美味しそうで、あとで取りに来なきゃと思う。

友人のミックが街でもらってきたチラシに、この美味しくて楽しそうなパーティーのことが書いてあった。その日は研究室の皆で盛り上がり、よだれを垂らしながら読み上げて、『絶対行こうな』という話になった。これまでずっと勉強ばかりで親しい友達もいなかったクリストファーにとって、学校でできた友達と行く初めてのお祭りは本当に楽しみで、ほくほくしながら家に帰った。すると母さんが頬を染めて出迎え、きれいな手紙をクリストファーに差し出した。

以前お世話になったソフィさんからの、結婚式の招待状。それが今日学校で話したのと同じものだと、読んでいる途中でクリスは気づいた。ありがたいことだね、めでたいね、何を着て行こうかと嬉しそうにしている母を見たら何も言えなくなって、その日クリスは砂を飲み込むような気持ちで夕飯を食べた。

夜、ノックの音がして開けたら父だった。学校はどうだとか、勉強は面白いかなんて、本当は聞きたいことが別にあるだろうになかなか言えず、かといって嘘も上手じゃないから全然目の合わない父の下手くそな気遣いに、じわりと涙と、言葉が落ちた。

ソフィさんをお祝いしたい。父と母と一緒に出かけて美味しいものを食べたい。でも、友達との約束も守りたい。

何より友達と一緒に、自分はこの楽しそうなお祭りにわいわいと行ってみたい。でもそれを言ったらあんなに楽しみにしている母さんがかわいそうだ。どうしよう、と、クリスは父に相談した。父は妙に感極まった様子でクリスの肩を叩き、頭を撫でた。お前も男になったんだなあと嬉しそうに笑った。

父と母も今日この会場のどこかにいる。父が母にすごくきれいな服を買って帰って、二人で行こうと母を誘った。俺たちも久々に、独身気分でデートしようやと父が言ったときに母が見せた顔。あたしにこんな派手な色なんか似合わないのにさと言いながらその服を撫でているときの母の顔は、クリスが生まれて初めて見る種類の、なんだかとっても可愛いものだった。

白い顔で赤い鼻のピエロがカラフルなボールを回し、たくさんのシャボン玉を出している。腕と声の太い日に焼けた男たちが、樽から注いだお酒を大盛り上がりで飲み干している。あっちにもこっちにも人。舞い散る花びら、青い空。にぎやかでカラフル。騒がしくて華やかで、とっても楽しい。

「おーいクリス、こっちこっち！」

声をかけられてそちらを見れば、美味しそうなものをこれでもかと山盛りにした皿を前に友達が手を振っているのでクリスは笑ってしまった。声をかけてくれた白い服の小さな女の子に差し出された飲み物を持って手の上の皿を置き、空けてくれた席に座る。ミックの顔が、もういろんなクリームとソースまみれだ。

「どうして顔で食べてるんだい、ミック」

「美味しすぎて残念なことに顔を拭く時間がないんだよクリス。君も食べてみればわかるよ」

「そう。あとで一緒にあっちの海老も取りに行こうよ。こんなに大きかったよ」

「それはいいアイディアだ。とってもね。ただしそれはこのお肉がなくなって、おなかが次の段階に入ってからの話だ」

同じ制服のメンバーでテーブルを一つ占領して、これが美味しいあれが美味しいとあっちからこっちから持ってきて、皆で大騒ぎだ。気を抜けばあっという間になくなってしまいそうなので慌てて料理を口に運んでいると、音楽が鳴り出したので手を止めて顔を上げる。

敷かれた綺麗なカーペットの上を、遠くから男の人と女の人がゆっくりと歩いてくる。女の人の顔に長いベールがかかっているのを見て、クリスの胸は少し痛くなった。

結婚式は女の一世一代の晴れ舞台なのだと母に聞いた。お金持ちでも、貧乏でも、どんなおかめだろうと人生で一番の美人になれる、魔法の一日なのだと。

クリスの、母の長年の悩みを、そっと治してくれた人。あんなに優しくて楽しくて可愛いお姉さんなのに。ソフィさんは自分が主役の、晴れ舞台なはずの今日も、顔を隠さなくちゃいけないんだと思った。

途中の台の前で、ソフィさんの隣の男の人がそのベールに手をかけたのでぎょっとした。結婚するということは、ソフィさんとあの男の人は好き同士なはずだ。なのに、どうしてソフィさんの好きな人が、ソフィさんにそんなことをしようとするんだと思わず立ち上がりそうになった。

そっと上げられた薄いベールから、やわらかく笑う美しい人の顔が、陽光のもとに現れた。

それはまるで光ってるみたいで、透明で眩しくて、優しくて、とても綺麗だった。

息を呑むような沈黙のあと、ざわめきのような、どよめきのような人の出す音の波。何も気にしないと決めているように強く、優しく笑って、彼女は目の前の男の人を見ている。

とても眩しいものを見る顔で、男の人がそれをじっと見ている。

あったかくて、見ていてなんだかドキドキするものが、二人の間に流れている。

『好き』って、こういうことなんだなあ、と、クリスは思った。

クリスは思わず椅子を倒すほど勢いよく立ち上がって、手のひらを頭の上に掲げ全力で拍手した。なんでか涙が溢れたけど、これはきっと悪いものなんかじゃない。

「おめでとうございます！」

自分にこんな声が出せたんだってくらいの大きな声。ちょっと裏返ったしミックがびっくりした顔で自分を見ているけど、ちっとも恥ずかしくなんかない。ここで黙っているほうがよっぽど恥ずかしい弱虫の意気地なしだ。クリスはそれを、あの日に確かに少しだけ卒業したのだ。あの優しい人の言葉と笑顔のおかげで。

こんなにきれいでにぎやかだ。こんなに楽しい。ソフィさんは綺麗で、とっても幸せそうだ。ついでに言えば病気も治ったみたいだし、とっても元気そうだ。

だったら今はこれ以外の言葉なんてないじゃないか。クリスはなんにも間違ってなんかない。

「ご結婚おめでとうございます！　ソフィさん！」

同じテーブルの友人の何人かが立ち上がり、クリスと同じことをした。やがて別のテーブルからも拍手、おめでとうの声、会場全体で同じような声、音が上がる。

歓声と花びら、指笛とぷかぷか浮かぶシャボン玉と陽光の中を、新郎新婦が歩く。

すれ違うとき彼女は、クリスを見て優しく笑った。緑の目は澄んで、でも潤んでいて、ぽろりとそこから一粒だけ宝石のようなものが空に舞った。

思わずそれを受け止めるように伸ばし、つかみきれなかった手を握って、ドレスに包まれた華奢な背中を見送った。

母の言ったことは間違いなんかじゃなかった。とっても、とっても、世界一、今日のソフィさんは綺麗だ。

いつか大人になった自分の横を歩く女の人にも、あんな幸せそうな顔をさせてあげるんだ。そう強く決意したクリスの後ろに、数人のいかつい男たちがクリスをわっしょいしようと太い腕を伸ばしているのを、クリスの友人たちは震えながら見つめている。


食べ放題、飲み放題でにぎやかに盛り上がっている広い会場から天幕で仕切られた来賓席は、そっと覗き込めば和やかに盛り上がっている。

本当はオルゾン家の社員のみんなにもここに座ってもらおうとしたのだが、『俺たちはにぎやかなほうが落ち着く』と断られてしまった。

楽しそうに飲み比べ、腕相撲をしていた彼らを思い出し、ソフィはクスリと笑う。

広い会場ではオルゾン家の料理人たちが料理をし、揃いの可愛らしい服を着た孤児院の子どもたちが、せっせと給仕をしてくれていた。彼らには専用の席を用意しているので、終わったらゆっくりと、そこで料理を食べてもらう予定だ。

お皿を運ぶ彼らの横で昔ながらのピエロが、見事な芸を披露して笑いと驚きを誘っていた。

領地の門は、今日も黒い毛皮の門番が、いつも通り念入りに目を光らせ、耳を動かして守ってくれている。

券が取れないほど大人気の公演中の看板女優からは一輪の薔薇とともに、二枚のチケットと寿《ことほ》ぎの言葉の文が届いた。中央に行く前に、ソフィはクルトとこれを見に行く予定だ。

たくさんの人がそれぞれの場所で今日を過ごし、守り、祝ってくれていると思うと、ソフィの胸

はあたたかいものでいっぱいになる。

「ああ、緊張した」

「そうは見えなかった」

「あなたはいつも通りだったわ」

「おれは緊張しない。人間なんて何人いても骨と肉と皮だ」

「そう」

クルトの手が伸びて、そっとソフィの目元に触れた。

「なあに」

「泣いていましたか」

「……少しだけ。でも、悲しいものではないの」

少し恥じて、ソフィは俯いた。じっとクルトがそれを見つめる。

「ソフィ嬢」

「はい」

「君はいつも可愛いが、今日はとてもきれいだ」

「違いがわかるなんてすごいわ。どちらも、あなたのものよ」

「それはよかった。間違いがないか念のため確認させていただきたい」

「慎重なお方ですこと」

くすくすと笑い、ソフィは夫の顔を見、そっと目を伏せた。


「では、新郎新婦の登場です！」

すでに出来上がった感のあるユーハンが叫ぶ。

幕が取り払われて現れた二人に、来賓席はシーンと静まり返った。

吹き出したり、くすくすと笑う声も上がる。

「……クルト君」

「はい」

とても真面目な顔で新郎が答える。

「どうして今君はソフィに一生懸命唇を拭いてもらっているのかね」

「うっかり今日の彼女が紅を差していることを失念しておりました」

「うっかりもの！　ソフィが絡むといつも君は急にポンコツだな！」

今日はユーハンは足踏みをしない。渋い顔で、普段よりいっそう整えた己の髭を撫でている。

「まあいい。男などそんなものだ」

ユーハンはそっと妻シェルロッタを見つめ、その手を取った。

『お熱いねえ！』とイザドラがヒューヒューからかった。

リリーが目をハンカチで押さえながら笑っている。大人たちはやわらかく、若い夫婦の様子を優しい目で見つめている。

おや、と、各席に挨拶に回ろうとしたソフィは、会場の様子を見てわずかに首をひねった。

「ごきげんよう。本日はお越しいただきまして誠にありがとうございます。エドヴァルド＝ノースマン様でいらっしゃいますね」

「はい」

四〇代の渋いダンディなおじさまがソフィを見返し、セクシーな低い声で答えた。

アラシルの旦那様だ。想像を超えて大変渋かっこいい。

それなのに。

あの子の姿は、会場のどこを探しても見当たらない。

「申し訳ございませんソフィ様。アラシルは本日、来られなくなりました」

思わず声を失った。

必ず出席すると、とても楽しみにしていると、確かにそう、文は来たのに。

「何か……アラシル様に何かあったのでしょうか」

「出発の二日前になり、その……」

ノースマン氏は言葉を切った。

青ざめたソフィが唇を震わせる。

やがてポッとダンディーなノースマン氏は頬を染めた。

あっとソフィは察した。

そして、じわり、と目頭が熱くなった。

「ご懐妊でございますね。……おめでとうございます」

クルトがソフィにハンカチを渡した。

そっとソフィは目元をそれで押さえた。

「おめでとうございます」

「ありがとう。どうしても行きたいと彼女は言ったのだが、わたしが止めました。彼女に何かあったらと思うと、どうしても、それだけは許せず」

「止めてくださってありがとうございました。大変でございましたでしょう」

アラシルのことだ。きっと行く絶対行く、と頑張ったに違いない。

「地面に頭を擦り付けて懇願いたしましたよ。どうかそれだけは、と」

「まあ……」

この方はかつて奥様を出産で亡くされているのだ。

嬉しかったと同時に、怖かっただろう。

また何かがあったら。この子にまで、何かがあったらと。

「放っておくと一人で頑張ってしまう子ですから、どうぞ、どうぞお大事になさってください。彼女はお元気でしょうか。何かやりすぎてはおりませんでしょうか」

ノースマン氏が苦笑した。

「一八歳の娘さんが都会から嫁いでくると聞いて若い者たちは喜びましたが、古参の者たちは震え上がりました。前妻と子、両親の墓がないがしろにされるのではないか、冬ごもりの支度を嫌がって皆のやる気に水を差すのではないか、わがまま放題で皆を困らせるのではないかと。わたしは見合いであの子に会っていましたからなんの心配もしておりませんでしたが、実際にあの子に会うまで、屋敷の中の一部は葬式のごとき暗さでございました」

「ええ」

ふっとほどけるように、ノースマン氏は笑った。

「墓はピカピカ、冬ごもりの準備は例年の倍にぎやか。今では皆があの子を止めるのにいっぱいいっぱいでございますよ。ほっとけば人の倍仕事をしようとする子ですから」

「そうでございましょう」

ソフィはにっこりと笑った。

ノースマン氏も渋く、目元に優しいしわを刻んで微笑んだ。

「アラシルから聞いていた通りのお方ですね。優しくて、おおらかで、俯く誰をもあるがままに許す優しい夜の月の光のようだと、あなたのことをそう申しております。わたしから見ればお美しすぎて眩しすぎますが」

まあお上手、とソフィは微笑んだ。

右側から何やらかちんとした空気を感じたが、ソフィは気にしない。

ノースマン氏は深い青の目で、じっとソフィを見た。

「……つまらないお話で恐縮ですが、先日わたしの誕生日がございまして」

「おめでとうございます」

「ありがとう。あの子のことだ、きっと何か準備をしているだろうと思い、その日は会合がありましたので帰りはあえて裏門から入り、屋敷の中からこっそりと玄関に回りました。そうしたら彼女は、ざるにたくさんの花びらと紙吹雪を入れて、正面入り口の扉の内側で待っていたのです。帰ってきたわたしに吹きかけて、びっくりさせてやろうとしたのでしょう」

「アラシル様らしいわ」

くすくすとソフィは笑う。

子どもっぽい、無邪気なサプライズ。

仕事や勉強の合間にせっせせっせと準備して、その日はまだかな、まだ帰ってこないかな、と、ずっとそこで旦那様の帰りを待っていたのだろう。

「後ろから見たその背中が、肩が……本当に、わくわくしておりまして」

「……はい」

そっとクルトの胸ポケットのチーフを、ソフィは抜いた。

「楽しそうに、わくわくとしておりました」

そのままノースマン氏に手渡す。

「お恥ずかしいことです。泣きながら、彼女を抱きしめました。本当にお恥ずかしい」

ノースマン氏が受け取り目元を拭った。

目に涙を溜めて、ソフィは微笑んだ。

アラシルさん。

ここにいない友のことを想う。

おめでとう。

おめでとう。

振り乱した髪を頬に貼り付け、傷つき、怒りの目で世の中すべてを憎んでいたあの子は、もうこの世界のどこにもいない。

愛し、愛され、北の地で新たな命を、愛する人とはぐくむのだ。

「いつかご夫婦で遊びにいらしてください。屋敷をあげて歓迎いたします」

「はい、ぜひ」

ソフィは涙を拭い、しとやかに礼をした。

「クルト＝オズホーン君」

「はい」

「宝のごとき月光を独り占めする幸運な男よ。仕事熱心なのは良いことだが、奥様の体調にはくれぐれも気を配るように」

「心得ました」

クルトが誓いのような固い礼をした。


「イボンヌ様。本日は遠路はるばるお越しいただきまして、誠にありがとうございます」

「ごきげんようソフィさん。とてもおきれいですわ」

「ありがとうございます」

イボンヌが扇を口元に当てている。ああ、とソフィは思った。

イボンヌ様、相手が悪いわ、と。

じーっと彼女はクルトを見つめ
「ハイッ！」

ソフィのときにはなかった効果音付きの演出を行った。

当然クルトの顔は、ピクリとも動かない。

「……」

「……」

「……ソフィさん。この方、彫刻のご親戚か何か？」

「人間ですわ。人より少々顔の筋肉が固いのです」

ふうとイボンヌがつまらなそうに扇を置いた。

その横で大きな体のくまさんが、にこにこと笑っている。

思わずソフィもにこにこ笑ってしまう。優しい穏やかさがあるくまさんだ。

「お初にお目にかかります。ソフィ＝オルゾンと申します」

「ポントス＝ベアードと申します。おきれいですね」

「ありがとうございます」

差し出されたもっちりとしたまるい手と握手をした。

思ったよりいつまでももっちりしていた。

「いつまで若い娘さんのお手を握っていらっしゃるの、あなた」

「ああこれは申し訳ない。思わず見とれてしまいました」

かちん
「ソフィさん、祝いの席で無粋でございますが、あちらのノースマン様と、大人の話をさせていただきたいの。よろしいかしら」

ソフィはにっこり微笑んだ。きっと寒い地でも育つイモの話だわ、と。

北の地が豊かになる話なら、ソフィは嬉しい。

「もちろんです。めったに領地をお出になる方ではありませんもの。どうぞ心行くまでお話しになってください」

アラシルという連れがいない渋ダンディな男前は、料理を口に運びながら、なんとなく肩身が狭そうだった。

大人は大人同士、互いのためになる有意義な話で盛り上がれるなら、それに越したことはない。

「どうも」

「軽いな！」

だんと院長が立ち上がる。

ぺこりともせずクルトはそんな院長を見下ろしている。

「なんだその態度は！　俺は院長だぞ！　上司だぞ！　俺のおかげでその美女とうまくいったんじゃあないのかもっと感謝しろ部下のクルト＝オズホーン」

「感謝しています」

「感謝してるツラじゃあないんだよ！」

荒れ狂う院長の前で、ソフィはクルトの耳に唇を寄せてこしょこしょと囁いた。

「わかった。耳が気持ちいい」

「わかってないわ内緒話をしているのよ。ちゃんと聞いて」

またこしょこしょされて、彼の表情が緩んだ。

うわあ……と癒院の皆様が赤面している。

「……俺の知ってるクルト＝オズホーンと違う」

「やばいね」

「うん、これはやばい」

普段ピクリともしない鉄仮面が妻にだけ幸せそうにとろけている様子を、彼らは驚きとともに見つめている。

「まあ、仕方ないよな、あれじゃあ」

「あれじゃあねえ……」

「あの人も人間だったってことだ」

一生懸命背伸びして夫に耳打ちをしている美しい人を、一同目の保養にして、眺めている。

ちなみにソフィが囁いた上司への正しいご挨拶は、耳をくすぐる甘い感触に精神を集中していた夫には何度言っても届かず、ソフィが代わってすることとなった。

「ご無沙汰しております。フローレンス先生」

そのおっとりとした、だが威厳ある穏やかな姿を目にした瞬間、ソフィはまた泣きそうになった。

ソフィが苦しかったとき、辛かったとき、この方はいつも何も変わらず、穏やかに、厳しく優しく導いてくださった。

「……フローレンス師……」

横でクルトが呆然と目を見開いたのち、背筋を伸ばして尊敬のこもった最敬礼をした。

できるじゃないのとソフィは目をむいた。

先ほどの院長に対する態度とはどえらい違いである。

「国王陛下直属第五癒師団所属、三級癒師、クルト＝オズホーンと申します」

「存じ上げておりますわ、クルト＝オズホーン師。あなたとは一度だけ、同じ任につきましたね」

「……覚えていただいておりましたか」

ほほほと先生がやわらかく笑う。

「五級の先輩癒師たちが束になっても癒せなかった傷を、眉一つ動かさずに癒した銅級の一六歳の少年を、どうして忘れることができましょう」

「……」

じっとフローレンス先生が、その穏やかな瞳でクルトを見た。

「人よりも先を歩む者は、概して孤独になりがちです。宵闇色の若い癒師に天が与えたその大きな力が、いつか孤独の暗闇に変わって彼を包みはしないか、そしてその暗闇がいつの日か、彼を誤った道へ導きはしないかと、わたくしはあの日から、ずっと心のどこかで案じておりました」

じっとクルトを見つめ、穏やかに首を振り、そっと先生はソフィを見上げた。

「ソフィ＝オルゾンさん。あなたに教えるのは楽しかった。勉強熱心で礼儀正しく、努力が報われなくとも決して諦めない根性があった。言葉の奥に、人を思いやる光のようなあたたかさがあった。この優しい子が光を秘めたまま閉ざされた部屋の中で生きていくのかと、これもまた、案じておりました」

そっと先生は手を伸ばし、クルトと、ソフィの手を取り、重ねた。

眩しいものを見るように、フローレンス先生は目を細め、瞼《まぶた》をしばたいている。

「年寄りの心配など、やはり大抵が無用の長物。縁とは必要なものに、必要なときに、正しく訪れるのですね。この世界から互いを見いだした奇跡と、伴侶に選んだ己の心を誇り、手を放さずにお進みなさい。自分の目が曇ったと感じたとき、思い迷ったときには、目を閉じてそのつないだ手に頼りなさい。そうすればきっと正しい道を、光の中を、あなた方は間違わずに進むことでしょう。たくさんの人々に、命と、幸を与えながら。ご結婚おめでとうございます。どうぞ末永く、お幸せに」

ぎゅっと夫の手に力が入ったのをソフィは感じた。

夫を見上げてソフィは微笑み、いたずらしようと力いっぱい握り返したのに、彼はちっとも痛そうにせず、穏やかに少年のような顔で微笑んでいた。

「先日はありがとうございました。探していたお方を見つけられたのは、皆様のおかげです」

「とんでもない！」

かちんこちんになっているヤオラのご家族が、慌てて全員同じ仕草で両手を振った。

あら、とソフィは気づき微笑んだ。四〇代の奥様が身に纏うのは。

「ヤオラ様の」

あの、水色のワンピースだ。

「ここまでの華やかな席とは思わず……平服なんかで来て申し訳ありません」

「いいえ嬉しいです。本当に、とても。まるで、ヤオラ様にお祝いをいただいているようです」

ソフィはじっとその白い花を見た。

ふっと夏の香りと、笑い合う少女たちの声、重ねて歌う伸びやかな声が、聞こえた気がした。

「このイモうまいなあ」

料理を口に運んでいたひ孫さんが、感心するように言った。ソフィは微笑む。

「『イボンヌ』というイモを使用しております。あちらのご夫婦が開発したイモですの。きっと今イモのお話をなさっていると思いますので、お交ざりになったらいかがでしょう」

「そんな、平民が、とんでもない！」

目を白黒させる家族を置いて、目を輝かせたひ孫が席を立つ。

「おれちょっと行ってくる！」

若さ溢れる青年の背中が光を跳ね返して輝く。

傷者の女が傷物の野菜を売っているというので、わかりやすかったんですよ。

そんなふうに始まった野菜屋さんは、あの背中が引継ぎ、これからも大きくなって、たくさんの人に親しまれることになるだろうとソフィは思った。

「ビアンカさま」

「本日はお招きありがとうソフィさん。おめでとうございます」

「ありがとうございます」

嫣然と微笑む彼女は、相変わらず色っぽく美しい。

隣には痩せた、誠実そうな男性が汗を拭き拭き座っている。

スープとパンの『あの人』だわと、ビアンカと目を合わせてふふっと笑った。

ビアンカが色っぽい目でソフィとクルトを見る。

「お美しいわソフィさん。この方がいたずら女神を倒したのかしら？」

「いいえ」

ソフィはクルトを見た。黒曜石の瞳が、まっすぐそれを見返す。

「この人はいたずらに気がつかなかったの」

「そんな感じがするわ」

ほっほっほとビアンカが笑った。

色っぽい目が優しくやわらかに、ソフィの横に立つ固い男を見上げる。

「おめでとう、クルト＝オズホーンさん。あなたのその澄んだ目は正しいわ」

「光栄です」

「大切に隠された秘宝を見つけ、見事に手に入れたわね。どうか、末永く大切になさって」

「はい。命ある限り」

「素敵よ」

二人の男が入ってきた。

片や明るく朗らかに、片や真面目にしっかりと、新しい料理を給仕していく。

「ウマイさん！」

「このたびはおめでとうございます。ソフィさん」

ソフィは男に歩み寄った。

清潔感溢れる男前は、来賓で呼んだにもかかわらず、料理人の服を着てそこに立っている。

『俺は料理しかできませんから、もしお邪魔でなければ』

そう言って、レイモンドの手伝いを望んだのだ。彼は。

前よりも日に焼けた彼の表情はやわらかく、いきいきと明るい。

「……もしや、お父様の屋台を？」

「はい、手伝ってます。最近なぜか若い女の子に人気があるんですよ」

「……なぜかしらねえ」

ふふふとソフィは微笑んだ。

味がいいのは間違いないだろう。そこに若い男前の店員さんが加わったからだと、ソフィは確信している。

ウマイがクルトにも頭を下げた。クルトが礼を返し、すっと右手を出す。

「クルト＝オズホーンです。ソフィの夫です」

「料理人のウマイです。このたびはおめでとうございます」

二人は握手をした。

「いて」

ウマイが声を上げた。

「料理人の大切な手に何するの！　あなた！」

「握手しただけです」

「痛がってらっしゃるじゃないの」

慌ててソフィはクルトをウマイから引き離した。

「ごめんなさいウマイさん。手は大丈夫？」

「あ、いえ大丈夫です。……なんかピリッと怨念みたいのが出て」

「そんなもの出せるのあなた」

「握手しただけです」

「いいえきっと何か出したでしょう！　ピリッと！」

ソフィがクルトを怒る。ウマイはそんなソフィを眩しそうに見ている。

「じゃあ俺も」

そう言って笑顔で右手を出したのはレイモンドだ。

「……」

無表情のまま、クルトがその日に焼けたたくましい手を握る。

今度こそぐぐぐぐ、と、笑った顔と無表情で、さながら腕相撲大会のようになった。

「本日はおめでとうございます。オルゾン家料理人のレイモンドっす。四年前から屋敷の専属でやらせていただいてます。屋敷の中で、お嬢さんの近くで」

「ソフィの夫になるクルト＝オズホーンです。ついこの間から婚約しています。短期間でそちらのお嬢様と互いに愛し合ってしまったものですから」

ぐぐぐぐぐ
なんの勝負かわからない熱い戦いが続いている。

「幸せにしてくださいよ」

「もちろん全力で努力します」

「オルゾン家の大事なお嬢さんなんで」

「おれにとっても世界一大事な妻です」

「そ」

レイモンドが力を抜いた。

二人の手が離れた。

にっこりとレイモンドが微笑み、皿を持ち礼をして下がっていった。

「さっきからどうしてちょっと喧嘩するの！」

「喧嘩ではなく握手です」

じっと手を見ている。

「……痛いの？」

「いや、加減された」

珍しく悔しそうに彼は言った。

やがてクルトがソフィを見る。大きな手が伸び、そっとソフィの手を包むように握る。

「今日改めて気づいた。どうやらこの世には君を好きなやつが多すぎる」

「考えすぎよ。今日はあなたのわからない話ばかりしてごめんなさい」

「君のことを知るのは楽しい。君が人から好かれるのはとても嬉しいし、君の新しい魅力に改めて惚れ直している」

「ありがとう」

「でも不安だ。……好きな女性に、自分をずっと好きでいてもらうためにはどうしたらいいんだ」

珍しく切なそうに言う男を、ソフィは見上げた。

「信じて、愛し続けて」

クルトがソフィを見た。ソフィも黒曜石の目を逸らさずに見返した。

じっと見つめ合った。

「それだけ？」

「それだけ」

ソフィが頷くと、クルトはほっとしたように、嬉しそうに笑った。

「それならできる」

つないだ手にある互いの熱を感じながら、ぎゅっと二人は、もう一度伴侶の手を握った。


挨拶は続いた。

微笑み、涙し、笑い合って、最後にはリリーとイザドラに両脇から抱きしめられて泣いてソフィは笑った。

やっぱり泣いた。


にぎやかな宴は続いていった。

池のほとりに建つ揚げ物がうまい大衆食堂で、亜人の男が揚げたての肉に上機嫌でかじりついている。

不思議なことにこの食堂にはひと席だけ天幕のかかった席があり、希望すればどんな身分の者でも、そこで自らの姿を晒さずにお忍びの食事が楽しめる。

店の表にはかつて亜人差別に使われた看板を真ん中で割って逆さまにした、『誰でもどうぞ《マリー・ローズ》』の看板が下がり、風に揺れている。

明るい陽光の差すステージの上で、情熱的なダンサーが踊っている。

かつて下品で低俗なものと決めつけられていたダンスは、今や人々に一般的な芸術として受け入れられている。

その道の第一人者となった赤毛のダンサーは、生涯、独身を貫いた。

『あたしは舞台の上で踊りながら死にたい』という名言を残したこの女性は、息子夫婦と孫に看取られて、穏やかにベッドの上で微笑みながらその情熱的な人生を閉じた。

港の宿屋にひときわ目を引く繊細で美しい建物がある。

斬新な数々のアイディアと、きめ細やかなもてなしで名を馳せるその歴史ある名館は、かの賢王、クロコダイル王国一七代女王も深く愛したという。

かつて『捨て置かれた地』と呼ばれていた北の大地は、今や国の食糧庫として、その立場を確固たるものにしている。

寒い地でもよく育ち盛大に実をつけるふかふかとしたイモと、よそでは真似できない絶妙な塩気の燻製《くんせい》肉の取り合わせは、この地を訪れるものを腹から温める名物となっている。

男女を巻き込み一大ブームを巻き起こした男性名作家の作品が、実は女性の、一介の若きお針子の手によるものだったことが明らかになり、人々を騒がせた。

『女が編むのは靴下だけではない』と、雪崩を打つように多くの女性作家が現れた、そのきっかけとなった出来事であった。

王家直属の一級癒師として長く代々の王に仕えた伝説の癒師がいた。

彼は常に冷静で、広く人々の意見に耳を傾け、やわらかい言葉と低く穏やかな声で、易しく癒術を説いたという。

人からの問いには即答を避け、一晩じっくり考えてから答えたというエピソードからは、彼の慎重さ、思慮深い人柄が伝わってくる。

彼には深く愛した妻がいて、晩年癒師を退いてからは北の国に別荘を構え、輝くオーロラを、妻とともに見上げていたという。

むかしむかし、かつてこの港街には、奇妙なサロンがあった。

奇妙な皮膚病にかかった『化物嬢』が、客の皮膚一枚だけを治してくれるというその不思議なサロンを、実際に目にしたものはほとんどない。

りん、りん、りん

どこからか涼やかなベルの音が聞こえる気がするのは、海から吹きつける強い潮風のきっと、いたずらなのであろう。

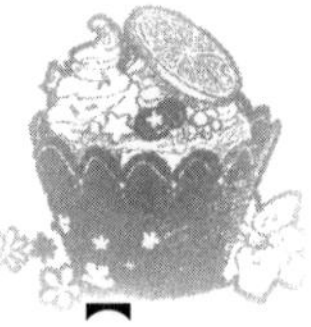

【おまけの一枚】料理人レイモンド

料理人レイモンドは考える。

果たしてあれは恋だったのだろうか、と。


『シェフ！　今日使う予定だった肉、腐ってます！』

『肉係は夕飯出来上がったら死ね！　今日のメニューはBレシピに変更しろ！』

気の荒い男どもばかりのむさくるしい船で、レイモンドはいつからか料理人をしていた。

海は好きだが戦うのは嫌いで、小さい頃から住み込みで働いていた料理屋をやめ、船に飛び乗ったのだ。

海は青く、どこまでも広く、夢そのもののように、船の先に広がっていた。


レイモンド二一歳の冬。

海に落ちてサメに食われかけ命からがら助かったレイモンドは、足がすくんで船に乗れなくなり、海賊船を去った。

もういい歳だし陸で暮らすのも悪くないと、かつての海賊仲間と飲んでいるときに、レイモンドはその話を聞いた。

『オルゾン家が、若い男の料理人を探しているらしい』

『へえ、あの金持ちの。……あそこは確か……』

『ああ。『化物嬢』のとこだろう?』

その一言が妙に頭に引っかかった。

面接を受けとんとん拍子に決まった再就職先で、レイモンドは張り切った。

何しろ食材が上等、むさくるしい男どもはたまにしか来ないし、給金は今までのほぼ倍なのである。

そしてもちろんサメはいない。

一生ここで働ければいいなあと思っていたところに、彼女は現れた。

屋敷に子どもがいるようだ、とレイモンドが気づいたのは、マーサに甘い菓子のリクエストをされたからだ。

聞けばなんでも一三歳のご令嬢で、奇妙な病を持っていて、ほとんど部屋から出ない、とのことだった。屋敷から出ることに至っては、もうまったくないらしい。

甘いものなど作ったこともなかったので知り合いの料理人にレシピを教えてもらって、作ったものをマーサに渡せば、きれいに空になった皿が返ってきた。

何度かそれが続き、やがてお皿に『いつも美味しい。ありがとう』とメモがのるようになった。

それは続き、一年ほど経ってからだったか。調理場の扉が開き、包帯でぐるぐる巻きにされた女の子がビクビクしながら入ってきた。

包帯の間から覗く肌がぼこぼこで茶色く、ひどく荒れていることにレイモンドは気づいた。

『あなたが、レイモンドさん?』

優しい、きれいな声だと思った。

『はい。料理人のレイモンドっす』

『……いつもお菓子をありがとう。前の料理人の方は、少しお砂糖を入れすぎる方だったのだけど、レイモンドのはいつも美味しいわ』

微笑んでいる、とわかった。だからレイモンドも笑った。

料理を褒められて嬉しくない料理人なんていない。

『何か食べたいものがあったら言ってくださいお嬢さん。練習しますから』

『ありがとう』

そうやって、少しずつ、少しずつ話すようになって。

何年かすればもう家族のように。お嬢さんの一番身近な他人の男として、傍にいた。

自分はオルゾン家のBレシピだったのだと、レイモンドは思っている。誰に言われたわけではないが、きっと。

材料が足りずに急遽《きゅうきょ》メニューを変えることがある。もともとのプランがうまくいかなくなったときの代替の策。

年頃になったお嬢さんが年頃を過ぎ、部屋の中に一人ぼっちで二〇歳、二五歳、三〇歳になったときの、うまく外から婿を取れなかったときの、代替の策。

お嬢さんの手の届くところに、あのユーハンがわざわざ『若い男』を募集して、置いた。

お嬢さんが嫌がらない、お嬢さんを嫌がらない男を。高い給金も、そのためだ。

娘を思って行われただろうそのやり方を、レイモンドは汚いとは思わない。

これでレイモンドに『恋人を作るな』『結婚するな』とでも言ってくるならまだしも、そのようなことを遠回しにも言われたことはない。

気休めの、念のための保険として扱われていることを知りながら、まあいいかとレイモンドは楽しく料理をしていた。

何しろ食材が上等、むさくるしい男どもはたまにしか来ないし、給金は今までのほぼ倍。

それにレイモンドはあのお嬢さんが、割と好きである。

かわいそうだな、と思う。

困っていて、レイモンドで役に立つなら役に立ちたいと思う。

ただ、それは恋なのか、と言われると、やっぱり違うような気もする。


お嬢さんをさらっていったあの男のような情熱は、レイモンドにはない。

お嬢さんが美味しいといい。

お嬢さんが笑ってるといい。

そう願うだけの、ただ、ただ凪《な》いだ海のような、穏やかに揺れる気持ちがあるだけだ。

『レイモンド』
澄んだやわらかな声が聞こえた気がして振り向くが、
そこには風になびく、レースのカーテンがあっただけだった。

化物嬢ソフィのサロン ～ごきげんよう。皮一枚なら治せますわ～②／了

化物嬢ソフィのサロン
~ごきげんよう。皮一枚なら治せますわ~2

あとがき

二〇二二年某月吉日、某所。

そこには何十枚かの『後ろ向きの人が描いてある絵』の参考資料を持って、編集さんとハレのちハレタ先生との打ち合わせに向かうぺーぺー小説家がおりました。

書籍化にあたり『ソフィが絵になる』という当然の後先をまったく考えなかったその馬鹿は、なんとかして表紙や挿絵でソフィの顔を隠せないかとあれこれ言い方を考えながら、資料を作り持参したのです。

ソフィの皮はその役目を果たすため、どうしてもあの形でなくてはなりませんでした。でもそのままのソフィを絵に、表紙に描かれるのは、一七歳の女の子であるソフィが、あんまりにも辛すぎる。『昭和のお笑い番組みたいに手前に物を置いて、毎回ソフィの顔にかかる感じでうまい具合に隠れませんかね』と言った瞬間にハレのちハレタ先生が爆笑してくださったのがとても嬉しかった打ち合わせを終え、ついに表紙。


画像を開いて泣きました。『ソフィのサロン』。光の中で、こちらを向いたソフィを、ソフィの笑顔を、こんなに違和感なく見られる日が来るなんて。ハレのちハレタ先生、本当にありがとうございます。

そういう感じで一番の心配だったところをなんの心配もいらないものに変えていただき、ソフィは本になりました。

　思い返せばオズホーンの白いシーンでは、書いている最中にちょうどインフルエンザに罹りました。悪寒に震え下を向けば咳、画面を見ればオズホーン・白。今思い出しても地獄でしかなかった。

　あのシーンの見開きページは当初、『ダッセェ』はずの白い服をオズホーンが涼しい顔でサラッと着こなしなんの違和感もなく、これはいかんとハレのちハレタ先生に『恐れ入りますがどうかもっと容赦なくダサくお願いします』とお願いしたらあのようになりました。みじんの容赦もない晴れ晴れとした救いようのなさが、真夏の青い空、白い雲のようで、とても気持ち良かったです。

　あの場面はどこかにマモリリスがいて『キャッ』って顔をしていますので、是非お探しください。ガンポー氏もいます。

　その他いろいろ、びっくりするくらいあっちこっちに右往左往、ドッタンバッタンして完成した、『化物嬢ソフィのサロン』。お手に取っていただき、誠にありがとうございます。どれか一つでも、お気に召すお話がありますように。

　連載中、優しく応援してくださった方、一緒にソフィの世界を作ってくださった方、手に取ってお読みいただいた方。本作に関わってくださった全ての方に心から感謝申し上げます。ありがとうございました。

紺染　幸

絵を担当しました、ハレのちハレタです！

化物嬢ソフィのサロンいかがでしたでしょうか。
今までのお客様すべてが繋がって大団円！素晴らしいお話でしたよね！

ソフィの肌が治っても治らなくても、この2人の結末にはなにも
変わりが無かったはずなのです…
でも、あの時ソフィがオカン力に支えられて1歩を踏み出し
サロンを始めなければ、オズホーンとの出会いもなかった。

あの時、のっしのっしと光のもとへ踏み出したからこそ
沢山のお客様と出会い、すべてがこの大団円へと繋がっているんだ……

そう考えると、
ソフィの傷さえも
たまらなく愛しいです。

紺染先生
すっっげぇ

初めてソフィの絵のご依頼を頂いた際まずタイトルに吃驚しました。
へ！？化物？？？皮！？をと。

それから小説を読み、大量に泣かされ（特にシシリィ＆マイリィ、クロさんに！）
こんなに素敵な小説のお手伝いができるなんて
是非お受けしたいですと返事をしました。

以前描いた『ホワイトレター』というPBWのシリーズの絵を見かけて、
紺染先生自らがイラストレーターとして見つけ、選んで下さったとの事。
もう紺染先生天使っ！大天使さまかな！？と。足を向けて眠れませんほんと。
もしまたお会いする機会があったらどこに在住か方角だけでも聞いとこう。

初めて紺染先生にお会いした際、
『オズボーン、こいつ顔しか取り柄ないので！
どうか顔だけは美しく！
けど耽美には寄せすぎず男らしさを！
ただ短髪男子なのでバランス難しいですよね！
ふふふ…髪の毛で隠せないですよ…』と語って下さって、
やばいこいつぁ絵の経験がお有りの方のセリフだぁ…!!と
ひそかに震えたのが懐かしいです。

ソフィという素晴らしい作品と、
作者さま、編集さま、
励ましてくれた相棒、親友、相方、子たち
そして何より読者の皆さまに恵まれて、
とても楽しく絵を描かせて頂きました。
幸せだー!!

ありがとうございました！

P.S.なまさかな先生の
コミカライズも素晴らしいので是非！

2024.3.30
@r_gray11

MAG Garden NOVELS

化物嬢ソフィのサロン
～ごきげんよう。皮一枚なら治せますわ～②

発行日　2024年5月25日 初版発行

著者 紺染幸　イラスト ハレのちハレタ

発行人　保坂嘉弘

発行所　株式会社マッグガーデン
〒102-8019 東京都千代田区五番町6-2
ホーマットホライゾンビル5F
編集 TEL：03-3515-3872　FAX：03-3262-5557
営業 TEL：03-3515-3871　FAX：03-3262-3436

印刷所　株式会社広済堂ネクスト

担当編集　須田房子（シュガーフォックス）

装　幀　ZZZAWA design＋矢部政人

ISBN978-4-8000-1450-4 C0093　Printed in Japan

著者へのファンレター・感想等は〒102-8019（株）マッグガーデン気付
「紺染幸先生」係、「ハレのちハレタ先生」係までお送りください。